Anișoara Laura Mustețiu

SCRISORI PENTRU SUFLETUL MEU

Dezvoltare Personală

SCRISORI PENTRU

SUFLETUL MEU

Dezvoltare Personală

de Anișoara Laura Mustețiu

Sydney, Australia

2025

The Romanian-Australian Book Club, Email:
romanian.australian.book.club@gmail.com
Hornsby, NSW 2077, Australia.
ASIC 1-53090722674

Consilier editorial: **Prof. Aurelia Rînjea.**
Coperta: Anișoara Laura Mustețiu

Anișoara Laura Mustețiu

SCRISORI PENTRU SUFLETUL MEU

The Romanian-Australian Book Club

Sydney, Australia, 2023

ISBN: 978-1-7642916-1-3

PREFAȚĂ

DIALOG TAINIC, PE FRECVENȚA IUBIRII

Cu un titlu ademenitor, SCRISORI PENTRU SUFLETUL MEU, semnate de ANIȘOARA LAURA MUSTEȚIU, din îndepărtata Australie, frumoasa și talentată noastră scriitoare româncă din Valea Sânzienelor, ne invită la o comunicare specială, de la Suflet la Suflet. O carte așa cum dorește însăși Autoarea să fie, „o călătorie - o mână întinsă către sine, o invitație la ascultare, la vindecare, la miracol" și reușește cu prisosință.

Însăși Cuvântul către cititor, este delicat și tandru, deschizându-ți inima și Sufletul pentru a primi ceea ce Autoarea are de dăruit.

Se aud încă de la început „ecoul cuvintelor, propriul alfabet", pașii tainici pe „spirala devenirii". 12 Scrisori, precum 12 Apostoli, precum 12 luni, fiecare cu menirea și misiunea proprie, prin care Autoarea și-a conceput mirific cartea, într-o arhitectură din cuvinte, de idei, de aspirații.

În „Rădăcini și devenire" călătorim, în timpul care ne petrece, cu aroma dorului, cu memoria înscrisă în rădăcinile ce nu se văd, dar care respiră prin noi, în miracolul lui „acasă", acolo unde a învățat iubirea necondiționată.

Autoarea stă de vorbă cu propriul Suflet, recunoscându-i esența divină, rădăcinile. Stă de vorbă cu Sufletul ei, precum un copil cu bunicul, numai că acum, copilul e matur, lucid, conștient de sine și vede lumea cu alți ochi. Vorbește cu propriul Suflet, cu recunoștința aceea pe care a învățat-o de la bunici, bucurându-se de viață, de poveste, de cine este, de iubirea necondiționată pe care ei i-au dăruit-o.

Frumoasă viziune, cum lumile cum se îmbrățișează, când scrii în altă limbă, pentru că într-adevăr limba Sufletului este universală!

Suntem onorați, chiar răsfățați aș spune, cu o scriere atât de frumoasă, aducătoare de pace, la care nu mai ai aproape ce adăuga... iar eu, prin cuvintele mele, simt nevoia doar să citesc, să recunosc și să mă recunosc.

„Feminitatea" este unul din subiectele alese de Autoare, despre care să ne vorbească. Frumos răsare pentru aceasta soarele peste cuvinte... și dialogul continuă... și zboară cu Sufletul precum „doi porumbei" deasupra mării, deasupra lumii, cu înțelepciunea aceleia, care a înțeles sensul și miracolul vieții... a înțeles că uneori distanța poate însemna „vindecare", că poți să fii femeie „prin lumină", armonizându-te și simțind „ritmurile naturii", creându-se pe sine.

Învățăm de la Autoare, cum printre „Încercări", putem vedea și descoperi revărsarea „de viață, pură, divină", căpătând puterea de a ne „ridica, de a înțelege, de a ierta", pentru a ne vindeca.

Constatăm că Autoarea și Sufletul ei, conviețuiesc într-o simbioză tăcută și divină, nu pot exista separat, dar se respectă și se prețuiesc. Frumoasă promisiune face propriului Suflet: „Îți promit pe tăcerea stelelor că voi crede mereu în mine, în tine"!

Cu cât citești mai mult, constați că te lași locuit de o mare pace, de o briză, precum a unei mări care vine spre tine... E briza mării lăuntrice a Autoarei, care se revarsă spre noi și prin care aceasta gândește și respiră liber, fără limitări.

Frumos defineşte „Libertatea": „curajul de a fi cine suntem cu adevărat... o chemare spre propria esenţă". Descoperim alături de ea „tihna clipei", locul în care lăuntric vin spre noi tainele Sufletului, în care descoperi că poţi deveni pasăre... când dai mâna cu tăcerea... cu liniştea şi adâncul. Când cerul e al tău. Un drum în care speri să contempli Absolutul. Da, la fel ca şi oamenii, păsările au poezia lor. Pe aripile lor lunecă cerul. Acolo sus, îşi trăiesc netrăirea, îşi leagănă iubirea într-o muzică pe care o ascultă neştiind de unde vine şi nici dacă s-a sfârşit.

Frumos ascultă Autoarea „cum respiră natura" şi ne îndeamnă să percepem energia libertăţii ce curge prin noi.

Pagină cu pagină, învăţăm să avem încredere în noi, în puterea noastră lăuntrică, pentru că acolo, în Casa Sufletului, răsare mereu Lumina prin care te ridici, speri şi mergi mai departe.

Autoarea defineşte fiecare concept folosit, pe care apoi îl tratează cu atenţia cuvenită, delicat şi cu elocinţă, chiar dacă pare firesc. Mulţumeşte Sufletului pentru toate câte a învăţat-o.

Constatăm cu emoţie cum poate percepe, nu numai poetic, ci şi fiinţial, căldura unei lacrimi – în „Despre pierdere".

Pășim ca niște copii înfometați de adevăr, printre lecții, redate cu căldura celei pe care viața a învățat-o să se redescopere și să aibă încredere în propriul „potențial".

Descoperim o comunicare extraordinară a Autoarei cu natura, pe care o iubește, o înțelege, care rezonează tainic cu ea: „Plânsul meu îmbrățișa trunchiurile copacilor"... „frunzele se zbat în fiori de vânt, tălpile absorb energia pământului"... dar, „Omul a uitat să se închine în fața copacului. A uitat că frunzele sunt daruri de îngeri, că rădăcinile lor emană puteri miraculoase".

Ne vorbește despre Lumina Sufletului ei, care este de fapt, Lumina cu care scrie și pe care ne-o dăruiește.

Citind, ne hrănim permanent cu multe lucruri înțelepte. Excepțională viziune: „ceea ce credeam pierdut nu dispare. Doar se mută dintr-un colț al inimii în altul. Se transformă într-un alt fel de iubire". Ne invită să prețuim clipa, să o trăim din plin.

Toate Scrisorile sunt lecții din care învățăm ceva, în care lecția vine spre noi, precum o atingere de înger, care te apropie de adevăr, de tine însuți, redându-ți liniștea a tot cuprinzătoare și de care ai nevoie, pentru a te vindeca și reînnoi. Înțelegem că golul creat uneori în Suflet, poate deveni un spațiu creativ, în care precum Autoarea, te regăsești, te exprimi, te aduni, un spațiu propice eliberării și împlinirii.

Ni se confesează că tot Sufletul ei a fost acela care i-a transformat trăirile „în versuri, în cuvinte, în povești și în cărți - ca să nu mai doară".

Și lecțiile pline de înțelepciune continuă: Iubirea vindecă, s-o lăsăm să curgă prin trup sau să transformăm „durerea în Lumină".

Scriitoarea percepe respirația Sufletului în „Tăcerile" dintre cuvinte. Tăcerea, pentru ea, este un „liman nevăzut", o „mângâiere", „este invitația la regăsire" ... „acolo unde cuvintele se nasc în liniște", unde Lumina dezvăluie drumul...

Ea aude glasul Sufletului... în mijlocul căruia este spiritul... iar în mijlocul spiritului... e Creatorul.

Autoarea ne vorbește despre miracolul din noi: „La răsărit, pășesc desculță într-o nouă dimineață - aici, totul devine un început".

Fiecare din cele 12 Scrisori, constituie o adevărată Terapie prin Cuvânt, iar când suntem pregătiți să ne ascultăm Sufletul, putem să vindecăm ce avem de vindecat. „Iertarea este începutul vindecării", iar „Vindecarea" e un drum discret, unde „descoperi, privești, înțelegi... și ierți".

În întreaga carte, suntem însoțiți de cei doi prieteni: Ea și Sufletul: „cu înțelepciunea... de a ierta, de a iubi, de a vindeca". „O lumină ce nu se stinge", pentru că el, Sufletul este „creat din Lumină".

Toate Scrisorile mi-au atins inima, dar „Puterea Cuvintelor", prin Lumina din ele, m-a dus în al 9-lea cer. Poate și pentru că, pentru mine, cuvintele sunt vii și pline de Lumină. Aici ne îndeamnă să ne ascultăm „limbajul inimii", semnalele ce vin dinspre ea. Cuvintele sunt rodul muzicii lăuntrice, „care nu se aude, dar se simte. Ca o vibrație care unește cerul cu pământul" aducătoare de fericire. Cuvintele sunt vindecare pentru cei care au nevoie de ele.

Pas cu pas, înaintăm în lectură și abordăm alături de Autoare „Încrederea de sine" – gândul „care te poartă de la ceea ce ești, la ce poți deveni"... „o lumină care mă ține aproape de tine, de esența a ceea ce sunt"... și „atunci, pot crea, pot împlini, pot fi". Mai descoperim că „sinceritatea e începutul încrederii", care crește „precum o nouă lumină".

Dar, din loc în loc, apare copilul lăuntric, temător, pe care îl alină și-l îmbrățișează cu iubirea ei.

Ne invită de asemenea să reflectăm asupra „Iubirii" – care izvorăşte din „adâncul fiinţei şi luminează tot ce întâlneşte". Recunoaşte că uneori scrie pentru noi sau poate chiar pentru ea, că „iubirea locuieşte şi în tăceri", care trebuie înţelese... iar „iubirea adevărată nu se caută. Ea vine"... „Dar întotdeauna sinceră".

Ne vorbeşte despre glasul interior al iubirii de sine care: „Mă caută, mă alină, mă vindecă"... „O iubire pură, pe care o respir şi o trăiesc", despre „iubirea de rădăcini — care se poartă pe trupul inimii, ca o rochie cusută de o mână divină cu emoţii şi iubire, pentru cei din care eu provin".

Retrăim împreună povestea de dragoste a Măriucăi şi a lui Ionuţ... şi Ana (Autoarea) care „şi-a dorit o viaţă întreagă un singur lucru: să iubească şi să fie iubită".

Iubirea este aşa cum ne prezintă Autoarea, metamorfozează fiinţa, o face să urce trepte de Lumină, prin care învăţăm să iubim: „în lumină, în uitare, în tăcere, în durere, în cădere. Dar mai ales"... „fără aşteptări" - pentru a o dărui ca „pe o floare" celor din jur.

Ne invită să-i citim Scrisorile cu Sufletul! Şi cu câtă emoţie ne spune că: „Înţelepciunea" „are uneori chipul unei bunici care zâmbeşte fără grabă, cu ochii adânci ca izvoarele care nu se văd, cele care hrănesc pădurile"... „O sămânță" care știe să aștepte și să răsară când trebuie. Și ne convinge că: „este o binefacere divină să simți permanent cât de mult însemni Tu pentru tine".

Autoarea își privește soarele lăuntric, respiră „Miracolul vieții" pe Pământ, cu toate formele ei și o facem și noi împreună cu ea.

Reflectează asupra stadiului actual al omenirii, care ignoră viața... și frumos gândește că: „Poate că poezia poate salva ce logica a uitat" sau... ar trebui „Să sărbătorim din când în când pământul care ne poartă existența". Se vede „femeia care poartă în ea toate anotimpurile. Le trăiesc în felul meu. Le sărbătoresc. Sunt un univers în miniatură. În mine pulsează stele, oceane, rădăcinile și dorurile. Sunt o lume întreagă, într-un trup fragil. Respir și simt acel miracol, acea senzație că sunt vie".

Și dă răspuns la întrebarea pentru ce este aici: „Sunt aici ca să simt. Ca să creez. Ca să iubesc". Frumoasă înțelegere a sensului vieții, a misiunii pe care o are pe Pământ.

Nu știu câte Suflete sunt, despre care să pot spune că le cunosc în această lume, ele fiind unice fiecare în felul lor, dar pot spune că am avut șansa să cunosc Sufletul ales, al Autoarei, într-o binecuvântare divină.

O binecuvântare este această carte, prin care Autoarea ni se dezvăluie în Lumina propriului Suflet, într-o eliberare și într-o dăruire de sine.

În cele 12 Scrisori, întâlnim construcții estetice, ridicate din cuvinte, într-o arhitectură proprie, ce creează stări autentice de spirit: „colivii nevăzute ale conștiinței", „tăcerea mea vorbește", „ochii adânci ai timpului", „fir magnetic de lumină", „un căluț de mare care mă poartă lin în propria ființă", „Gânduri cu trup de păsări", „bolta cugetului", „scântei de dor", „amintiri țesute în veșnicie", „zâmbete pe pereții inimii", „praful fin al înțelepciunii", „îmi fac inima să-mi bată ca o toacă în miez de munte".

O scriere reflexivă, orientată spre propriile trăiri și sentimente, spre propria devenire, dar care radiază atâta lumină și iubire în exterior.

Avem de-a face prin această minunată carte, cu un exemplu demn al asumării responsabilității devenirii de către propria-i persoana, ANIȘOARA LAURA MUSTEȚIU, care ne întinde o mână spre această înțelegere.

Asta pentru că, o lumină vine dinlăuntrul nostru și ne locuiește. Un strop de divinitate, o

14

scintilație din Marea Lumină, o energie pozitivă dinspre începuturile lumii, care ne purifică, ne înluminează și pe care la un anumit nivel de evoluție o conștientizăm.

Iar în acest hățiș existențial, Femeia aspiră la libertate, mai mult decât la orice, având nevoie de ea ca de o apă a nemuririi, chiar dacă târziu descoperă că doar maturitatea interioară o ajută să-și asume plenar această dimensiune. Poartă sădit în ea un sâmbure, o năzuință lăuntrică, de care depinde realizarea acestui vis pe care-l crește în lumea ei abisală.

Iubirea de sine, profundă, conștientă de divinitatea ce o locuiește, o face să meargă înainte, cu încredere în ceea ce i-a dat Dumnezeu. O ființă cosmică, puternică, cu recunoștință pentru darurile ei, care poate iubi și dărui. Am descris-o de fapt, pe Autoare, față de care am toată admirația și prețuirea!

Cu sete de cunoaștere orientată către magic și nou, cu deplină încredere în ea însăși, în Sinele propriu, găsește cel mai scurt drum către perfecțiune. Libertatea și independența nu trebuie să i le construiască și să i le accepte alții, pentru ca sunt sădite și cultivate de Sinele său, doar că trebuie să le descopere și să le crească. Și a făcut-o!

Cu câtă deschidere, tandrețe și naturalețe, Autoarea stă de vorbă cu propriul Suflet, cu recunoştinţă şi iubire! Cred că aceasta e cea mai frumoasă lecţie ce se desprinde din carte, împreună cu dezideratul şi convingerea că SE POATE.

A-şi cunoaşte propria fiinţă, a o pune pe locul care merită, a-şi asuma responsabilitatea, independenţa, uneori chiar singurătatea, o fac să descopere într-un mod aproape miraculos puterea divinului ce i-a fost hărăzit.

Autoarea ne ajută să înţelegem, prin exemplul personal, că Femeia de azi, poate transcende conştiinţa de sine, eliberată de orice barieră, trăind clipa, ca pe o stare de graţie, ca pe o binecuvântare. Imaginaţia ei face ocolul universului, căutând stele pentru a le sădi în inima sa. Adună Lumini în Templul ei, din care face axul central al vieţii sale afective, pentru a-şi găsi pacea şi siguranţa, ce nu le descoperă în vârtejul îngust al mundanului.

Înţelegerea spontană, intuitivă, a adevăratei sale fiinţe şi creaţii, dă dimensiunea sacră a existenţei sale.

Pentru o astfel de femeie, pentru care intuiţia rămâne radarul ei interior, iubirea îi oferă înălţarea spirituală la care aspiră. Iubind, se cunoaşte pe sine şi pe celălalt, iar cunoaşterea dă siguranţă, o face să-şi asculte semnalele interioare, să stabilească limite. Un sincronism unic, de a se deschide în faţa lumii, de a-şi asculta Vocea lăuntrică, un ritm conştient controlat, ce dă calitate, înălţime şi profunzime vieţii.

Însufleţită de propria Lumină, Universul ei devine magic, ca o stare de graţie, care o face să vadă în ea, adevărata forţă ce o locuieşte. Iar cuvintele... dragele de ele, o însoţesc și o ajută să fie ea însăși!

Avem de-a face prin aceste Scrisori, atât de speciale, cu un periplu în care căutările, după reflecţii şi reflexii succesive, într-o discursivitate continuă, se întorc spre noi, aducând libertate şi armonie, într-o coerenţă surprinzătoare, în acest imens ocean de entropie, într-o mărturisire cu lucrurile, cu cuvintele şi cu noi. Prin această lectură am sentimentul că și noi cititorii, punem cărămizi la zidirea propriei noastre deveniri. Meritul este a Autoarei, care ne-a captivat.

Scrisori autentice de viaţă, abordate într-o manieră proprie, cu un stil confesiv, mergând până la psihologic, cu lecţii de viaţă înţelepte, care reușește să te scoată din haosul lumii de azi, pentru a te purta în magicul lumilor interioare, invitându-ne la reflecții, printr-o creație literară ce merită toată atenția și prețuirea noastră.

Cartea aceasta este o confesiune, o mărturisire, o zidire, o cheie spre inima omului, spre comorile lui lăuntrice. O pledoarie pentru iubirea adevărată, care doar ea îți poate umple Sufletul și dă împlinire vieții!

Un periplu prin Sufletul Autoarei, într-un preaplin care se revarsă spre noi, cu puritate și limpezime. O declarație de Iubire adusă vieții!

O carte ce simți nevoia să o recitești ori de câte ori este nevoie. Eu am și făcut-o și o voi face în continuare, descoperindu-i de fiecare dată noi valențe ce-ți vindecă și mângâie Sufletul, îți luminează și înnoiește mintea, îți activează noi potențe și virtuți ce sunt sădite în tine și care așteaptă latent să fie trezite, revigorate, energizate. Este hrană și respirație pentru Suflet. Îți creează cea mai frumoasă viziune asupra vieții, în care Iubirea, acest flux de energie divină, care vindecă și sfințește, dă sens existenței tale, în această ființare ce ne-a fost dăruită. Pentru că viața este un dar divin, ce merită trăită cu discernământ, în Lumină, în Iubire și în Adevăr.

Unicitatea acestei creații literare constă în vibrația și energia binefăcătoare, care te îmbrățișează tandru, mereu pozitivă și mângâietoare, unde fiecare cuvânt îți atinge Sufletul, în modul cel mai subtil și iubitor posibil, respectându-te, recunoscându-te, regăsindu-te, echilibrându-te și armonizându-te lăuntric, descoperindu-te, redându-ți încrederea de a fi tu însuți, așa cum Dumnezeu te-a creat și a vrut să fii.

Fiecare cuvânt e magic, poartă în el strop de Lumină divină, care-ți vorbește, te face să-ți regăsește pacea cea de toate zilele, speranța și optimismul, te

18

ajută să conștirntizezi divinul din tine, să-l manifești și te îndeamnă să fii pe frecvența unică a trăirii Autoarei, care este cea a Iubirii.

Harul cu care Ea a fost binecuvântată, se manifestă din plin în toate creațiile sale literare. O iubitoare de Cuvânt, de oameni, de viață, dăruindu-se pe sine prin scris, printr-un gest nobil de Iubire.

Felicitări, ANIȘOARA LAURA MUSTEȚIU! Îți mulțumim!

Așa că vă invit la o lectură fascinantă, presărată cu trăiri adânci, care îți întinde o mână binefăcătoare spre a trăi viața frumos și demn, în Adevăr și Iubire de semeni și de Dumnezeu. Dorim viață lungă cărții prin cititorii ei și așteptăm cu interes următoarele apariții editoriale!

Prof. Aurelia Rînjea

Membru al Uniunii Scriitorilor de Limba Română

și al World Poets Association, România

Scrisori pentru sufletul meu

Drag cititor,

Există în fiecare dintre noi o lume tăcută, nevăzută, care nu se lasă cuprinsă de zgomotul zilei. O lume unde cuvintele au o însemnătate proprie, ne vorbesc despre dor și lumină, despre rănile care ne-au sculptat și speranțele care ne-au înălțat. *Scrisori pentru Sufletul meu* este o călătorie — o mână întinsă către sine, o invitație la vindecare, la miracol.

Fiecare capitol e o scrisoare deschisă către o parte din noi: către rădăcinile care ne țin, către pierderile și tăcerile care ne învață, către feminitatea care înflorește, către iubirea care ne reface. Sunt pași pe o spirală a devenirii, unde încercările devin lecții, iar cuvintele sunt balsam și revelație.

În centrul scrisorilor se află același destinatar: Sufletul meu — cel căruia îi datorez totul, însăși existența mea.

Această carte oglindește o simbioză între vulnerabilitate și putere, între ceea ce am fost și ceea ce alegem să devenim.

În ea îmi aștern recunoștința, gândurile călătoare, emoțiile care au fost uneori neînțelese — și aduc la lumină acele momente în care sufletul mi-a fost sprijin, părinte, mângâiere și drum. Sunt scrisori pentru sufletul meu, dar poate, citindu-le, vei simți că sunt și pentru al tău.

Te invit să citești cu mintea, dar și cu inima. Să lași fiecare scrisoare să te atingă acolo unde ai uitat că e nevoie de atingere. Sper să te regăsești în ecoul cuvintelor și să descoperi vocea propriului tău suflet — o voce care îți va șopti despre încredere, iubire, înțelepciune.

Dacă ai ajuns aici, poate că ești pregătit să începi o călătorie — nu în afară, ci înăuntru. O călătorie în inteligența emoțională, în arta de a simți conștient, în miracolul de a fi.

Cu drag,

Anișoara Laura Mustețiu

Când nu știi încotro, oprește-te și ascultă.

Sufletul tău îți va arăta calea.

12 Scrisori

Pentru Sufletul meu

Rădăcini și devenire

Aici începe totul. În tăcerea pământului care ne susține, în memoria celor care ne-au dăruit viață, în valorile care ne țin în picioare când vântul încercărilor încearcă să ne dărâme.

Feminitate - Nu mi-a spus să fiu femeie. Mi-a arătat.

O celebrare a forței blânde, a creației care izvorăște din trup și inimă, a frumuseții care nu se explică, dar se simte.

Încercări - Când sufletul știe să meargă prin foc.

Fiecare pas dureros e o treaptă spre lumină. Aici se nasc lecțiile care ne transformă, ne provoacă și ne învață să alegem.

__Despre Libertate__... și curajul de a fi tu însuți.

După ce am trecut prin foc, învățăm să zburăm. Libertatea nu e absența greutăților, ea este curajul de a fi cine suntem cu adevărat.

__Despre Pierdere__ și regăsire.

O reverență în fața absenței. Pierderea ne învață să iubim mai profund, să prețuim mai sincer, să ne întoarcem spre esență.

__Tăceri__... care dezvăluie drumul.

Spațiul dintre cuvinte. Locul unde se aud cele mai sincere adevăruri, unde sufletul respiră fără zgomot.

__Vindecare__ ... iertare, o îmbrățișare a ființei.

Un proces lent, dar miraculos. Aici sufletul se reface, se alină, se reînnoiește cu blândețe și răbdare.

__Puterea Cuvintelor__

Cuvintele au puterea de a deschide porți nevăzute în suflet, de a vindeca răni din trecut și de a transforma tăcerea în lumină.

<u>*Încrederea*</u>*... care te poartă de la ce ești la ce poți deveni.*
O renaștere. Încrederea este drumul care leagă ce am fost și ce putem deveni. E puterea care ne însoțește în necunoscut.

♡ <u>*Iubire*</u> *... când sufletul înflorește în tăcere.*
Forța care leagă totul. Iubirea ca dar, ca alegere, ca răspuns la toate întrebările, rostite și nerostite.

<u>*Înțelepciune...*</u> *despre fântâna care nu seacă,*
Privirea matură care înțelege rostul fiecărei dureri, fiecărei bucurii. Aici sufletul se așază cu seninătate.

<u>*Miracolul vieții*</u>
Finalul care e, de fapt, un nou început. Miracolul de a fi, de a simți, de a crea. Viața ca poezie, ca rugăciune, ca zbor.

Există în fiecare dintre noi o chemare subtilă către începuturi. Uneori o ignorăm, alteori o simțim ca un freamăt în piept, ca un dor fără nume. Scrisoarea către Sufletul meu – Despre Rădăcini este un moment de întoarcere — către rădăcinile nevăzute ale ființei, către amintirile ce ne hrănesc identitatea și dorința de regăsire. Această scrisoare nu vorbește despre trecut ca o povară. Îl privește ca o comoară care îmbogățește ființa. Este o reverență către cei care au iubit înaintea noastră, către locurile care ne-au crescut sufletul și către acea parte din noi care, chiar și în mijlocul schimbării, nu a uitat cine este.

Rădăcini și devenire

Ce nu se vede, ne ține în viață

Dragul meu suflet,

Azi vreau să-ți vorbesc despre rădăcini. Despre cele invizibile, înfipte în pământ. Cele care ne străbat ființa ca niște fire de lumină în întuneric, pe care le simt prezente, în toată existența mea. Sunt rădăcinile mele, ale noastre — născute odată cu mine, din trecut, din sângele celor care au iubit înaintea mea.

Rădăcinile mele îmi aduc și astăzi mirosul fânului cosit la început de august. Și urmele de mâini ce nu se mai văd, dar care au rămas pe obrajii mei, odată alintați. Când mă întorc acasă, nu este un loc, este un timp. Un răstimp în care pământul vorbea, iar dorul nu era durere... era drum. Gândurile îmi perindă, adeseori, pe dealurile copilăriei, pe potecile care păstrează urmele pașilor părinților și bunicilor mei. Imaginar, cutreier prin curtea bunicilor și încă mai simt mirosul de pâine coaptă și lumânări arse, încă mai aud în miezul serilor cuvinte de duh, „Dumnezeu și suflet" rostite de ai mei în șoapte calde. Acolo, am auzit pentru prima dată de tine. Acolo îmi simt începutul.

Astăzi, am să-ți citesc în șoaptă acele cuvinte așternute pe hârtie cu câțiva ani în urmă... despre rădăcinile noastre. Doar ca se ne reamintim că, uneori, trecutul trebuie să fie sărbătorit.

„Pășesc pe pridvorul de lemn, atentă să nu mă împiedic. Bunicul îl meșterise odată din doi bușteni, dar unul se mișca un pic. Intru în cămăruța scăldată de lumina celor două lămpașe. Mă întâmpină un miros cald de mămăligă, cu tocăniță de pui și ciuperci proaspete aduse de bunicul de la pădure. Bunica e lângă sobă, rotește cu o lingură de lemn mâncarea din castronul de pe plită. Glasul ei mă umple cu o căldură sfântă. Căldura familiei. Mă privește cu zâmbete voalate de iubire.

Mă așez lângă bunicul meu drag. El mă așteaptă în fiecare zi. Oriunde mă aflu, în apropiere sau în depărtare, el mă așteaptă. De la el învățasem acel cuvânt numit „acasă", un cuvânt pe care îl simțeam adânc în inimă, palpitând. Un cuvânt ce mă umplea întotdeauna cu o bucurie răscolitoare. În seara fermecată de vară, bunicul stă pe marginea patului. Îi pun la spate perna de pânză albă, țesută de bunica. Sub perină e o carte în care sunt ascunse rugăciuni. Pun cartea cu foi îngălbenite și roase de vreme pe pervazul ferestrei, lângă lămpaș. Ochii bunicului, de culoarea cerului, lasă din nou scântei de fericire. Așa sunt ochii lui când mă privesc, plini de seninătate. Doar uneori i se aburesc, atunci când plec la drum. De la el și de la bunica am înțeles ce e iubirea... Din privirile lor umplute cu bunătate și căldură."

Nu ofta, Suflet drag, pentru că ei nu mai sunt... Mai bine să-i sărbătorim că au existat! Și că ei sunt rădăcinile din care ne tragem. Cele care ne hrănesc în continuare cu bunătate, căldură și iubire. Eu sunt bine. Te am pe tine. Și toate amintirile frumoase pe care le porți cu gingășie în interiorul tău. Și știu că ai grijă de ele, să nu le șteargă vântul uitării. Au rămas acolo, înfășurate în acea promisiune, nerostită, naturală, ca și o încuviințare din partea Universului: ca tot ce este prețios să dăinuie mai departe!

Cei dragi tac acum în neființă, dar au rămas pioasele momente capturate de timp, care le poartă chipurile și iubirea. Durerea pierderii celor dragi mă face să înțeleg mai profund viața, noima ei, și cât de unic, de prețios și ireversibil este fiecare moment trăit cu ființele pe care le iubim. De aceea îți scriu astăzi, Suflet drag! Să-ți spun cât de mult te prețuiesc!

Rădăcinile mele nu izvorăsc doar din trecutul meu, ci și din tine. Din acea picătură divină din care ești format. E ca și cum din acea picătură de divin a început și călătoria mea. Tu ai fost dintotdeauna complet. Eu, în schimb, cresc și mă descopăr treptat, cu fiecare zi, cu fiecare încercare de a înțelege cine sunt. Suflet drag, simt că ești o prezență blajină, atemporală, așezată în inima lucrurilor simple.

Uneori, în adâncul nopții, când tumultul zilei se stinge, închid ochii. Atunci te zăresc. Tăcut și copleșitor. Luminos, blând. Pacea pe care o emani mă poartă spre tărâmuri unde nu există granițe între suflet și vis. Acolo colindăm împreună și, dintre acele vise pictate, unele devin realitate.

Tu ești începutul liniștit din care curg cuvintele mele și poate, chiar sfârșitul — acolo unde se încheagă sensul existenței. Azi îți scriu din iubire și recunoștință, pentru că rădăcinile mele îți poartă amprenta, iar creșterea mea este înfăptuită prin prezența ta. Fii mereu lumina care mă ademenește spre tot ce e mai bun și mai adevărat în mine!

Știi, sunt momente în care îmi simt sângele zvâcnind în vene ca o chemare tainică. Trupul mi se înalță lung, iar privirea se îndreaptă spre ceruri, căutând acolo un nou sens ce se răsfrânge din adâncuri. Atunci, un val de mândrie mă străbate ca o sărbătoare și, de fiecare dată, înțeleg din ce în ce mai mult, că în sângele meu pulsează genele lor: părinți, bunici, străbuni. O întreagă lume care trăiește mai departe prin mine.

Chiar tu mi-ai dat de înțeles că nu am fost niciodată singură. Că sunt o existență ce leagă ce a fost și ce va fi. Sunt cântecul femeilor care au frământat lacrimi de bucurie și dor în pâinea caldă, sunt poveștile bunicului care a înfruntat orice, cu curaj și încredere în Dumnezeu. Sunt rădăcini care cresc spre lumină. Și în fiecare gest pe care-l aleg, în cuvintele pe care le las să curgă, în tăcerile pe care le îmbrățișez, ei trăiesc. Iar mândria mea nu e vanitate. E recunoștință. E răspunsul meu la chemarea lor: „Fii, și du-ne mai departe."

Și astfel, nu trebuie să ne simțim niciodată singuri. Amintește-ți: eu sunt arborul crescut din rădăcini — iar tu ești seva ce urcă spre stele!

Scriu aceste rânduri, așa cum în primăverile înmiresmate în culori îmi împrospătez simțurile cu flori și seninătate. În noi trăiesc toate neuitările — trăirile care au țesut dorul în ierni lungi, ochii mei care te-au căutat în momentele grele, când răspunsurile celor de lângă mine tăceau. În inima mea trăiesc atâtea vise din care încă nu au ieșit cuvinte, dar care se hrănesc din speranțe.

Odată mi-ai spus …

„Copila mea, nu-ți fie teamă de lacrimi! Ele te fac mai blândă. Nu fugi de liniște, căci acolo ai să mă găsești mereu!"

În timp, am început să-ți înțeleg înțelepciunile. În venele mele au rămas poveștile de familie. Susură lin, ca un izvor.

Bătaia inimii îmi spune…

„atunci când iubești, iubește cu tot ce ești. Și când rătăcești… adu-ți aminte de cuibul unde ai fost visată înainte de-a te fi născut."

Suflet drag, și tu faci parte din acel miracol care mă înflorește!

Rădăcinile nu mă țin captivă. Din contră, îmi dau avânt. Ele sunt comoara pe care o port oriunde aș fi, chiar și în țările străine unde am învățat să plâng, să lupt, să cresc. Din acele rădăcini se hrănește glasul meu, povestea mea, dorința de regăsire.

Ești tu cel care mi-a aprins gândurile și mi-a deschis percepția că rădăcinile nu sunt doar legături cu trecutul. Uneori, se transformă în aripi ce cresc din lut — din acea materie fertilă în care ce e înrădăcinat începe să se înalțe.

Acum știu și eu că în cuvântul rostit de părinți se ascunde o întreagă istorie: o linie tainică de sânge și suflet, o vibrație ancestrală care poartă cântece, doruri și povești nerostite. Locurile străbune, cu liniștea lor de altădată, sunt izvoare spirituale care continuă să curgă în mine. Când plec, ele mă cheamă înapoi. Nu cu teama de a mă pierde, doar cu dor și cântec.

Și chiar când scriu în altă limbă, simt în mine o legătură tainică între două lumi care se recunosc și se îmbrățișează. Dar nimic nu poate fi atât de dulce și profund, ca și limba părinților și a bunicilor mei. Iar eu, am rămas ceea ce am fost dintotdeauna...

„Pahon"! Cuvântul se lasă ușor, pe zidurile sufletul meu încătușat în tainice bucurii și nenumărate tristeți. La apariția acestui cuvânt binefăcător, poarta grea și lemnoasă ce-mi ocrotește interiorul se deschide, și parcă îmi văd sufletul surâzând din adâncimi. Sunt „Anca a lui Pahon." Așa am rămas de atunci și pe vecie ... o identitate care ascunde adevăruri neșterse de vreme. Mândră, simplă, curată. Ca și salcia care s-a înrădăcinat în poveștile sătenilor, așa am rămas și eu, pentru totdeauna, fata bunicului, a lui Pahon."

Suflet iubit, tu cunoști mai bine ca mine acele rădăcini. Le-ai protejat când eram rătăcită, când mă rupeam de mine în încercarea de a fi altcineva sau de a aparține altcuiva. Tu mi-ai șoptit că nicio furtună nu dezrădăcinează, doar regenerează visurile. Acum înțeleg în profunzime cât de mult mi-ai dăruit!

În această scrisoare, doresc din nou să îți mulțumesc pentru că întotdeauna mi-ai reamintit cine sunt. Pentru că m-ai umplut cu acea căldură

binefăcătoare într-un timp când lumea nu avea timp
pentru mine.

Tu ești parfumul și culorile armoniei din mine.
Din tine înfloresc!

Cu veșnică iubire,

Laura

12 iulie, 2025

Într-o lume grăbită, unde tăcerile sunt adesea acoperite de zgomot, această scrisoare se dorește a fi o chemare înapoi la esență. O invitație de a privi feminitatea ca formă și energie — aceea care naște, îmbrățișează, vindecă și păstrează misterul vieții.

Am scris-o pentru sufletul meu, dar și pentru acele ființe care caută să se regăsească în fragilitate, în blândețe și în lumină. Este o scrisoare înmiresmată cu reflecții, dar și un moment de reîntoarcere spre sine.

Despre feminitate

Nu mi-a spus să fiu femeie. Mi-a arătat.

Suflet drag,

Afară a început să plouă mărunt. Păsările s-au ascuns sub crengile copacilor. Stau acolo, smerite și tăcute, unele singure, altele lipite una de alta. Florile se zbat să existe, în amestecul straniu de iarnă australiană, ploaie, răceală și soare. Când privesc florile, mă gândesc la noțiunea de feminitate – frumusețe, reziliență, perpetuare, vulnerabilitate.

Soarele răsare astăzi doar peste cuvintele pe care le scriu... Ți le dăruiesc ție! Suflet drag, te văd îmbrăcat într-o lumină care mângâie. Ești acolo, întotdeauna aproape de mine. Mai ții minte? Cândva, la începuturi, mi-ai spus că feminitatea înseamnă *esență* și că e mai mult decât o trăsătură, e o stare de a fi — de a cuprinde și de a înțelege dincolo de cuvinte. Am înțeles mai târziu în viață acea înțelepciune.

Când reflect despre feminitate, mă gândesc la acea atingere subtilă lăsată în simțurile sau în inima cuiva. Cred că, atunci când frumusețea se revarsă din interior spre exterior, feminitatea devine deplină, autentică, adevărată. Este ca o lumină care răsare din adâncul ființei. Prin ea feminitatea devine plină de gingășie, dar și de putere. Altfel, tot ce rămâne este o formă goală, ușor de frânt și greu de vindecat. Fără frumusețea interioară, nimic nu are nici sens, nici durată.

Frumusețea interioară se reflectă în gesturi mici — în felul în care privim cu blândețe, ascultăm cu inimă deschisă, fără să întrerupem, iubim fără să impunem, înțelegem mai mult și judecăm mai puțin. Ele sunt expresii tăcute ale unei înțelepciuni care nu are nevoie de cuvinte mari, ea se face simțită.

Feminitatea nu strigă și încearcă să se facă văzută cu orice preț. Ea e acel val de energie plăcută care învăluie, care dăruie uneori tăceri pline de sens, de acceptare, de delicatețe. Este forța care se manifestă just și profund. Ea trăiește în atingeri aproape imperceptibile, în felul în care ne deschidem către lume fără să ne pierdem. Acolo, în fragilitatea aparentă, pulsează o forță profundă: aceea de a străluci fără a fi ostentativă. E locul unde *blândețea* emană căldură și curajul rămâne în zâmbete suave.

Suflet drag, te-am visat înainte să te cunosc. Eram doar o adolescentă. Apoi, lângă tine am devenit femeie și sub privirea ta am devenit întreagă. Îți mai aduci aminte de vacanțele noastre la mare? Câtă efervescență! Muzică, dans, strigăte de bucurii efemere! Dar aveam și momente de reflecție... Pășeam prin valuri ce se spărgeau atât de ușor și, uneori, ele aduceau la liman o rană ce ne aparținea. Atunci, tu mă îmbiai să mă așez și să reflect. Iar eu te ascultam. O priveam, o înțelegeam mai bine, o îmbrățișam, o înfășuram cu iubire. Iar ea mă privea recunoscătoare, dăruindu-mi lacrimi argintii. Când o lăsam din nou, în largul mării, ea se scurgea în valuri. Înainte să dispară, se transforma în ceva frumos... strălucea din ea seninătatea unei amintiri vindecate.

În acele timpuri, plângeam adesea cu tine. Tu îmi răspundeai fără cuvinte... mă alintai când altcineva mă ignora, mă ascultai când altcineva nu mă înțelegea. Apoi, mă luai de mână și mă purtai departe... Zburam împreună deasupra valurilor, ca doi pescăruși. Acolo mi-ai arătat că distanța e uneori vindecare. Și că acel zbor este o parte din feminitate.

Asemenea lunii care veghează marea, tu mă învățai să fiu feminină prin răbdare... să aștept acel moment când voi primi ceea ce merit, să fiu femeie, nu prin grabă, ci prin lumină. La întoarcere, trupul meu se lăsa lin pe nisipul care leagă pământul de cer. Ascultam vuietul mării și taina tuturor valurilor în care m-am regenerat. În acele timpuri, feminitatea mea a devenit mai *înțeleaptă*.

Astăzi, mă plec în fața bunicii cu ochi blajini și obraji îmbujorați de viață, a mamei cu ochi care n-au obosit să caute lumină. S-au stins, dar au lăsat în urma lor acea energie. Au cusut în mine o feminitate curată, frumoasă și dreaptă. Când rătăcesc, le aud pașii: foșnetul fustei bunicii în pridvor, gândurile mamei când mă chemau cu dor. Port în mine dorurile și visele lor. E ceva care mi-a fost transmis fără glas, ca o lumină care se aprinde din alta.

Feminitatea mea e fragilă și totuși nestrivită, plină de mici miracole. Femeia din mine țese armonie în cuvinte și fapte. În ea mă regăsesc mereu. O simt ca o deschidere delicată spre trăiri profunde, o regăsesc în arta de a crea noi frumuseți, în libertatea de a plânge, în strălucirea unui zâmbet chiar și atunci când doare, în acea putere însoțită de grație, care apare când am nevoie de ea.

Uneori, îmi simt feminitatea și ca perpetuare — o esență care se transmite dincolo de timp și carne. Este un fir nevăzut ce leagă generații, un mod de a fi, care se moștenește în gesturi, în priviri, în felul cum o mamă își îmbrățișează copilul. Este forța femeii care naște viață și învață să se renască iar și iar, din sine. O armonie cu ritmurile naturii, cu fazele lunii, cu transformarea constantă. Se destramă și se reface, ca marea la reflux.

Tu, Suflet drag, continui să-mi arăți pasul ancestral al femeii care creează din sine, din lutul sufletului ei. Din ea, feminitatea devine un loc blând și tandru, un fel de *acasă*. Când creez, o văd. Când îmbrățișez, o simt. Când mă îndoiesc, tu îmi reamintești de valorile ei.

Îți mulțumesc că m-ai învățat atâtea lucruri frumoase!

Port în fiecare zi cu bucurie și onoare această feminitate, ca o rochie de mătase, cusută cu lacrimi, iubire și lumină.

A ta,

Laura

17 iulie, 2025

Există momente în care viața nu ne întreabă dacă suntem pregătiți. Ne aruncă în valuri adânci, ne pune în fața unor oglinzi crăpate și ne cere să ne regăsim printre cioburi. *Încercările* nu vin cu avertismente, dar vin cu lecții. Ele ne dezbracă de certitudini, ne provoacă să ne privim dincolo de aparențe și ne învață să respirăm mai adânc atunci când aerul pare greu. Această scrisoare este o mărturisire despre încercări ca dureri, dar și mai mult despre ele ca un început al unei înțelegeri mai profunde. Este o îmbrățișare trimisă sufletului meu, care m-a ajutat să rămân în fața obstacolelor, să simt, să înțeleg, să cresc.

Despre Încercări...

Când sufletul știe să meargă prin foc

Dragul meu suflet,

Astăzi e o nouă zi de iarnă australiană. În doar câteva săptămâni, natura își va schimba veșmântul și va îmbrăca mantia primăverii. Iubesc explozia de muguri, de flori, de culori — o revărsare de viață pură, divină.

Oamenii se vor căuta din nou. Se vor întâlni în oraș, la festivaluri, pe aleile însorite de lângă ocean. Așa va fi și în viața mea...

Unii își vor aminti de mine. Ne vom reîntâlni la un cocktail, vom râde împreună, ca și cum nimic nu s-ar fi schimbat. Nu le voi reproșa nimic — nici tăcerea, nici uitarea. Le voi spune că am fost bine toată iarna... și fără ei. Poate le voi mărturisi că mi-au lipsit. Dar nu le voi arăta mica mea umbră de tristețe. Uitarea. Singurătatea. Lipsa acelor cuvinte simple, dar esențiale: *„Hei, cum te simți? Cum îți merge viața? Mi-e dor să povestim..."* Cuvinte obișnuite și totuși atât de prețioase. Pentru că ele spun că cineva se gândește la tine și că pentru acel cineva ești important.

În fond, nu am fost singură. Tu, Suflet drag, ai fost mereu lângă mine. Întotdeauna ai fost lângă mine. Astăzi îți scriu cu trăiri greu de transmis în cuvinte. Îți scriu dintr-un loc de triumf, dar și din acel spațiu în care am înțeles să zâmbesc printre ruine. Îți scriu pentru că vreau să-ți mulțumesc — nu doar pentru momentele de glorie, dar și pentru cele în care mi-ai arătat cum să rămân dreaptă, chiar și când totul părea pierdut.

Cândva, simțisem că te pierdusem și ți-am scris într-o carte... *„Îmi caut sufletul, pierdut în veșnici căutări de contraste, de armonie, de încercări. Știu, că nimic în lume nu se poate câștiga fără truda și curajul de a trece prin negura rece a greutăților, prin flăcările suferinței, prin vântul biciuitor al fricii. Dar odată trecuți prin ele, ne așteaptă ființa reală, debarasată de prejudecăți, Sufletul înțelept, victorios, autentic."*

Nu voi uita acele timpuri. Le port ca niște mărgăritare de înțelepciune în priviri.

Mai știi acele zile în care seninătatea se ascundea după perdele groase de îndoială? Zile în care pașii mi se afundau în noroiul fricii? Dar speranța nu m-a părăsit niciodată! Căci tu erai lângă mine. Încercările din trecut erau ca valurile, uneori blânde, alteori nemiloase. Dar tu m-ai sfătuit să nu mă lupt cu ele, doar să mă las purtată de ele spre tărâmuri pe care nu le cunoscusem. Acolo mi-au crescut puterile.

Durerea mi-a fost o profesoară severă. Dar ea s-a arătat dreaptă și folositoare. Prin ea, am pătruns mai adânc în mine însămi. Am descoperit acea putere de a mă ridica, de a înțelege, de a ierta pentru a mă vindeca. Însă nu am uitat niciodată, nici cei care m-au rănit, nici faptul că viața are un fel al ei de a surprinde. Imprevizibilă, uneori dureroasă, alteori miraculoasă. Și totuși, în mijlocul acelor furtuni, am înțeles să rămân neclintită. Să transform rana în lumină, să păstrez amintirea fără să-i dau puterea de a mă frânge din nou.

Și am mai înțeles că unele răni sunt sfinte — semne că am iubit, că am sperat, că am trăit cu adevărat.

Tu știi... viața mea a fost, încă de la începuturi, presărată cu încercări — adesea mai mari decât mine. Am plâns, am strigat, am cerut ajutor din ceruri. Și ajutorul a venit, de fiecare dată, în forme neașteptate. Cel mai adesea, m-am strâns în brațe tot eu pe mine — ca pe cel mai scump și drag bun pe care îl aveam. Din acele momente de încărcare și durere, s-a născut o legătură profundă de prietenie cu tine, Suflet drag. A fost cel mai frumos dar, pe care l-am primit de la viață!

Atunci am realizat că trebuie să fug — repede, instinctiv — de pericole. Să nu mă las constrânsă de oameni sau fapte care mă diminuează, care mă coboară. Am învățat să mă protejez, să mă păstrez neatinsă, chiar și când unele greutăți încercau să mă destrame.

Încercările mi-au stârnit dorința de a mă înălța, deasupra lor. Și tu, Suflet drag, mi-ai auzit gândurile. Mi-ai întins aripile tale și pe ele mi-am însușit propriul zbor. Să mă ridic, să privesc lumea de sus, cu o inimă mai curajoasă și cu o speranță nouă în privire.

Îți amintești acele timpuri din adolescență? Mă strecuram cu frică pe străzile orașului în care mă născusem, cu pași mici și inima strânsă, de teamă să nu fiu zărită de acei lupi haini — cei care voiau să-mi răpească tinerețea, frumusețea, visurile. Aveam, cred, șaptesprezece ani... o vârstă frumoasă, dar plină de tristețe. Atunci am învățat să fug. Să mă apăr. Să nu mă las prinsă în capcanele lor. Să-mi păstrez seninătatea, chiar și când acei oameni haini păreau să o vrea stinsă.

Apoi, am trecut împreună prin șiroiul gloanțelor de la revoluție. Eu și tu, în acea mare de oameni, în acel vuiet de speranță amestecat cu frica de moarte. Dar am supraviețuit! Apoi, mi-ai spus să plecăm în lume. Iar eu te-am ascultat, pentru că aveai dreptate. Trebuia să ne îndepărtăm de tot ce ne împiedica să creștem. Nu aveam alte bunuri, decât cele pe care le purtam în inimă și minte. Dar tu mi-ai arătat drumul, cu o singură dorință: să ne fie bine.

Și da, ne-a fost mai bine după fiecare încercare. Unele veneau din viață, din destin. Altele, însă, le-am creat eu, din neștiință, din lipsa de maturitate. Dar tocmai acele *încercări*, născute din propriile mele greșeli, m-au iluminat cel mai mult. Să aleg cu grijă — oamenii, faptele, pașii. Să fiu cumpătată, atentă, prezentă.

Uneori, o încercare s-a transformat într-o fereastră spre o nouă oportunitate, spre o versiune mai clară, mai curajoasă a mea. A urmat lecția, dar și victoria. O biruință împotriva răului, împotriva greutăților de pe pământ. O dovadă că lumina din noi poate răzbi chiar și prin cele mai întunecate umbre.

Tu, Suflet iubit... ai vegheat în acele timpuri când eu dormeam în teamă și singurătate. Ai păstrat în tine acea rază răpită din soare, ca eu să pot vedea drumul, oricând. Pentru asta, îți mulțumesc!

Îți mulțumesc că nu m-ai abandonat, că ai rămas, că ai crezut, că ai iubit chiar și când eu nu mai știam cum.

Că ai continuat să mă conduci, cu blândețe și răbdare, pe drumul unei vieți care merită trăită. O viață în care bunătatea se regăsește, din nou și din nou, în faptele mele.

Astăzi, nu mai fug de încercări. Le privesc ca pe niște vechi prieteni, veniți să-mi arate ceva nou: despre viață, despre cei din jur, despre mine însămi.

Iar eu îți promit că voi continua să te ascult. Să te simt. Să cresc. Îți promit pe tăcerea stelelor că voi crede mereu în mine, în tine.

Cu tine, nu mă tem să mă scufund în abisuri, nici să mă rătăcesc prin hățișul necunoscutului. Tu ești lumina care nu se stinge, o flacără născută din miezul blândeții tale, o magie fină ce-mi deschide drumuri chiar și acolo unde puțini au putut să pășească.

Cu iubire,

Eu.

20 Iulie, 2025

Această scrisoare nu e despre ideea abstractă de libertate, este mai mult despre acel fior interior care îți spune că ești viu și autentic. *Libertatea* este o stare a ființei care cere curaj și sinceritate față de sine. E o chemare spre propria esență, o invitație de a te recunoaște dincolo de forme și constrângeri.

Aceste pagini sunt pentru tine, cel care simte că zborul începe din interior.

Despre Libertate

Libertatea nu este doar dreptul de a alege, este și curajul de a fi tu însuți, chiar și când lumea te cere altfel

Dragul meu,

În tihna acestui moment, m-am retras în fotoliul de lângă șemineu. Focul lent mă alintă cu o boare de căldură. Afară, ploaia stăruie, îmbibând natura cu apă și melancolie. Aripile gândurilor mă poartă într-o nouă călătorie spirituală... despre Libertate. Scriu aceste rânduri pentru tine, cu intenția de a le păstra în posteritate. Uneori, uit că ești cu mine. Alteori, îți simt prezența mai intens... lină și constantă. Este atât de binefăcătoare, ca o vară frumoasă și senină. Prin tine, Suflet drag, devin pasăre, arbore, o câmpie cu flori... și văzduhul îmi așterne calea noilor căutări.

Gândurile mi s-au îngemănat într-o scânteie umană care provoacă simțiri profunde. Îți mai aduci aminte? Cândva, trăiam în colivii nevăzute ale conştiinţei, crezând că libertatea există doar în afară... în dreptul de a vorbi, de a traversa graniţe, de a alege ce studiez, ce mănânc, cum mă îmbrac, cu cine îmi petrec timpul. Îmi imaginam că, odată ce lumea din jur e în pace şi armonie, şi eu voi fi. Dar m-am înşelat! Nu pentru că acea viziune era falsă, ci pentru că am presupus că armonia exterioară poate fi o constantă.

Adevărul este că nu a fost — şi nu va fi niciodată! Şi, odată cu ea, mă perindam şi eu între lumi uneori calme, alteori agitate, între seninătate şi ceaţă. Când liniştea din afară se destrăma, interiorul meu devenea şi el neliniştit, tulburat, căutând în zadar acel echilibru, care stătea de fapt pe o pânză de păianjen. Tu mă dojeneai... Dar eu nu te ascultam. Priveam mereu spre ceea ce era afară.

Doar mai târziu am descoperit ce încercai să-mi spui în acele timpuri. Liniştea mea nu era zdruncinată de lumea din afară, ci de propriile gânduri. Ele săreau ca nişte scântei, mă ardeau, aprindeau în mine teamă, nesiguranţă, frustrare.

Îmi amintesc, Suflet drag, că odată mi-ai şoptit, ca prin vis, o întrebare simplă:

„Ce rost are ca trăirile tale să-ţi provoace suferinţă, atunci când cineva te tratează cu răceală?”

Acea întrebare m-a forțat să văd o nouă realitate... Lipsa de noimă al unui comportament însușit cândva, de la cineva. În acel moment m-am simțit ca o ființă care își amintește de sine. M-am înălțat și am strigat ... *"Merit tot ce-i mai bun în lume! Nu mai dau putere celor care uită să iubească! Nici întâmplărilor nefericite."*

Când mi-ai auzit glasul, m-ai inundat cu bucurie! Din acea zi am știut să aleg. Să fiu liberă! Să aleg ce simt! Nu este o libertate fragilă sau rebelă, este una dobândită din înțelepciunile vieții. O libertate care vine după multe nopți de întrebări, după mulți pași în gol și multe tristeți care au avut un nume. E ca un pact între inimă și conștiință: Eu aleg să fiu bine!

Emoțiile nu trebuie să cadă în fața răcelii umane, să plângă, să mă facă să uit cine sunt. Ele trebuie să își amintească: valoarea mea nu se măsoară în priviri care evită, nici în cuvinte care nu vin. Ea există întotdeauna în interior!

În timp, am mai înțeles și altceva despre libertate... că e disciplină.

M-am rătăcit adesea în visul unei eliberări fără margini. Dar m-am înșelat. Tu mi-ai șoptit din nou că libertatea adevărată cere să aleg conștient ce păstrez și ce las să plece. Dar şi disciplina de a-mi onora promisiunile faţă de mine însămi. Pentru că, fără direcţie, riscul e să mă pierd. Îţi mulţumesc că mi-ai arătat cum să rămân liberă prin responsabilitate!

Libertatea fiinţei nu are formă, dar o simţi ca o energie fină care curge în vene, în respiraţie, în gesturi şi cuvinte. Pieptul e plin cu pace şi în abdomen pluteşte armonie. Nu mai porţi măştile impuse de lume, doar respiri din propria esenţă. Te simţi uşor, plin de viaţă. Şi ai acea claritate pătrunsă adânc în orizontul conştientului.

Este un fel de *întoarcere spre sine*: un gest simplu, aproape sacru, de a fi. Este o trezire, o desprindere de lanţurile nevăzute ale propriilor gânduri şi emoţii.

Inima mea are *dreptul de a trăi în pace,* nu în vulnerabilitate. Atunci când pacea se poate spulbera la primul vânt, nu pot să spun că sunt liberă. Este doar atunci când pot să spun „destul!" Când pot să decid. Pentru că interiorul reprezintă viaţa mea.

Sunt liberă să mă opresc între *un impuls şi un răspuns.* În acel loc sacru, rămân să înţeleg şi să aleg. Respir calm. Şi, când mă decid să reacţionez, o fac din înţelepciune! Aleg armonia — nu frica, nu furia, prefer pasul care nu strivește nimic. Este o libertate care nu mai cere să fie înțeleasă, doar să fie fidelă mie însămi.

Când nu mai sunt sclava emoțiilor, sunt liberă! Când nu mai sunt prizoniera gândurilor, înseamnă că nu mai cred tot ce-mi spun! Le ascult, le înțeleg, dar nu le urmez orbește. Mă încred doar în cele care îmi fac bine. Devin suverană, nu rotiță într-un mecanism care se repetă adeseori prea mult.

Pornesc pe aripile imaginației spre infinitatea orizontului, pentru a absoarbe din binefăcătoarea energie, ca apoi, când mă reîntorc, să făuresc gânduri proaspete, pașnice, folositoare. Le dau culoare, trăiri, profunzime, în speranța ca ele să devină scenarii mai bune de viață. Gândurile bune sunt ca aerul, vitale pentru a exista.

Mă simt răsfățată de prezent cu o bucurie inocentă, inefabilă. O senzație profundă ce-mi aduce lumină în priviri. Încerc cu pleoapele închise să zăresc viitorul. Are în el urmele faptelor zămislite în prezent.

Ascult cum respiră natura. Îi ador gingășia, puritatea, și nesfârșita-i putere. La apusul soarelui, milioane și milioane de animale se cuibăresc liniștite în brațele ei. Într-un târziu se ivește luna, nu numai în ceruri, ci și pe bolta gândurilor mele. Calmă, magică, cu un ochi semiînchis, îmi luminează tărâmul ființei.

Suflet drag tu ai fost lângă mine în această devenire, în această eliberare lentă și subtilă. M-ai îndrumat așa cum ai știut cel mai bine — cu blândețe, cu răbdare, cu înțelepciune. Iar acum zâmbești liniștit, văzându-mă senină în propriile trăiri.

Îți mulțumesc, pentru că m-ai învățat să înțeleg adevărata libertate! Sunt fericită că exiști!

Cu toată ființa mea,

Eu

25 Iulie, 2025

Dacă, citind această scrisoare, vei simți căldura unei lacrimi ce se scurge pe obraji, poate înseamnă că am atins ceva adevărat, profund și viu în tine. Îmi doresc ca această povestioară să ofere o regăsire, o eliberare prin frumusețea simțirii.

Despre pierdere

O amintire ce învăluie tot ce a fost cândva iubire

Suflet drag,

Azi te-am simțit mai tăcut decât de obicei. Parcă ți-ai pus o mantie de cenușă peste strălucirea ta blândă. Te-ai așezat lângă mine, fără să spui nimic...

Cât de aproape îți simt prezența!

Știu... Simți ceea ce simt și eu. Dar taci. Mă lași să înțeleg. Îmi întinzi mâna doar atunci când îți dai seama că sunt confuză, când lăcrimez prea mult, când nu știu în ce parte să merg ca să-mi fie bine.

Adeseori, mă lași liberă să decid. Să învăț o nouă lecție de viață. Îmi dai posibilitatea să mă dezvolt, să cresc, să mă înalț, să-mi descopăr, chiar și într-o pierdere, *un nou potențial.*

Nu am cunoscut înfrângerea în ceea ce ține de ambiție și de perseverență. În tot ce a depins de voință și muncă, am înflorit. Dar am pierdut oameni... ființe dragi care mi-au adus bucurie pentru o vreme. Am simțit această pierdere ca o ruptură, greu de numit, dar apăsătoare.

Mai ții minte, atunci, în primul an, când ajunsesem într-o țară străină și obișnuiam să alerg în pădure plângând? Încercam să fug de durere, dar sfârșeam mereu în brațele ei. Plânsul meu îmbrățișa trunchiurile copacilor, în speranța naivă că voi fi auzită. Mă desprinsesem de adolescență și eram ca o floare, frumoasă și atât de fragilă... Nu știam pe atunci că tu existai. Nici că mă vegheai în tăcere.

Dar pe parcursul vieții am recunoscut acea lumină din mine... Erai tu, cel care mă înfășura cu blândețe în iubire, cel care-mi dădea puteri necunoscute.

Știi, am încercat mereu să înțeleg pierderea. Să o privesc ca pe un capitol încheiat, ca pe o lecție. Dar într-o zi, când eram adâncită în durere, tu mi-ai arătat că *ceea ce credeam pierdut nu dispare. Doar se mută dintr-un colț al inimii în altul. Se transformă într-un alt fel de* iubire. Sau într-o amintire care poartă în ea ceva prețios și care va rămâne întotdeauna vie.

Pierderea mi-a arătat că nimic nu este veșnic. Și tocmai în această efemeritate se ascunde frumusețea existenței — o invitație de a *prețui clipa*. Impermanența nu e pedeapsă, ci invitația de a trăi deplin tot ceea ce îmi este dăruit — în acel timp în care îmi este oferit și nu atunci când totul este prea târziu!

În timp ce îți scriu mi-am amintit de cuvintele tale...

„totul trece... dar ceea ce ne-a atins, rămâne în noi."

Ai avut dreptate. Am încercat mereu să fiu atinsă doar de ceea ce a fost frumos. Dar nu întotdeauna frumosul mi-a adus ceva bun. Uneori, a plecat repede, lăsând în urmă tristețe. Atunci, am iertat. Pentru a avea mai puține poveri pe umeri. *Iertarea poate fi cheia către pace și înseninare.*

În acele clipe, am simțit îmbrățișarea ta... caldă, încurajatoare. Cât de recunoscătoare îți sunt, Suflet drag, pentru frumosul dăruit de tine! El este permanent.

De fiecare dată când o ființă pleca din viața mea, mă întrebam din nou cine sunt și ce contează cu adevărat. Acele momente m-au împins spre transformare, dar și spre adevăr. Pentru că, întotdeauna, odată cu o pierdere, apărea și o lecție: despre mine, despre vulnerabilitatea mea. În vulnerabilitate deveneam din nou eu — autentică, fără mască, fără condiționări. Și da, o pierdere m-a făcut mai puternică. M-a împins spre propria *regăsire*.

Tu știi... în cele mai adânci momente ale pierderii, se năștea în mine o nouă viziune. Mă antrenam mai mult, realizam performanțe, ca și cum trupul meu voia să compenseze ceea ce sufletul pierdea. *Când ceva în noi se frânge, trupul devine atelierul vindecării.* Fiecare pas, fiecare efort, fiecare reușită — sunt feluri prin care ființa întreagă spune: „*Sunt aici. Pot crea sens și echilibru.*"

Compensarea e o formă de alchimie prin care transformăm o absență în forță. Ne reconfigurăm. Ne reîntoarcem la noi, cu o putere nouă — născută din gol, dar hrănită de voință.

Uneori, durerea mă amuțea. Mă însingura. Dar tu ai luat fiecare rană și ai transformat-o în versuri, în cuvinte, în povești și în cărți — ca să nu mai doară. Ca să strălucească. Așa mi-ai arătat că în acel gol al pierderii există un *spațiu... pentru a crea.*

Uneori, am impresia că, atunci când flăcările durerii se sting, trupul inimii începe să strălucească mai multă bunătate. E ca și cum natura umană devine mai trează, percepțiile mai intense, surâsul mai luminos, și lucrurile mărunte capătă din nou însemnătate. Parcă ceva în mine se face *mai înțelept, mai recunoscător.* Simt mai multă compasiune și înțeleg mai profund suferința altor ființe. Durerea poate fi și o formă de *înălțare spirituală.*

Simt că zâmbești... deci îmi dai dreptate.

Mai ții minte când m-ai inspirat să scriu aceste cuvinte?:

„Când viața te va lovi cu pietrele întâmplărilor, îmbălsămează-ți rănile cu iubirea ce-ți curge în trup. Rănile se vor vindeca... și în locul lor vor răsări flori. Pe cea mai frumoasă dintre ele va rămâne o lecție de înțelepciune."

În timp, mi-am dat seama că pierderea ne poate îndrepta privirea către ceea ce a fost, dar și către *ceea ce am putea deveni.*

Astăzi, îți mulțumesc, *Suflet* drag, pentru că mi-ai șoptit să nu fug de pierdere, doar să o îmbrățișez, ca pe un vechi prieten. Pentru că pierderea dă, uneori, mai mult decât fură!

Vidul lăsat de ea este un spațiu sacru în care ființa se mișcă, se regăsește, se exprimă.

Cândva, cu mulți ani în urmă, mi-ai spus cu melancolie că viața este într-o continuă mișcare și că timpul nostru împreună este limitat. De aceea, nu vreau să mai treacă nicio zi fără să-mi amintesc de prețioasa ta existență!

Cu tine, *Suflet* iubit, mă tem mai puțin și trăiesc mai intens! Nu îți cer să-mi vindeci rănile. Doar să le porți mai departe, în liniște, în acel fel al tău de a transforma durerea în lumină.

A ta,

Laura

P. S . Astăzi, ziua a fost mai grea. Și tu știi de ce...

O zi din Iulie, 2025

Într-o lume plină de zgomot, Tăcerea rămâne un liman nevăzut — o respirație între cuvinte, o alinare între gânduri. Această scrisoare își înclină glasul către sufletul celui care are curajul să asculte dincolo de sunete. Este o invitație spre regăsire, o mângâiere ce vine din adâncuri, acolo unde cuvintele se nasc din liniște.

Despre tăcere...

Dragul meu,

Astăzi am să-ți vorbesc despre tăcere... Despre acea tăcere în care mă plimb cu o lumină ce-mi dezvăluie drumul.

Tăcerea mea este adesea animată de o *intenție*. De obicei, de aceea de a fi mai aproape de tine, de a-ți vorbi sau de a-ți asculta prețioasele cuvinte.

Tu știi că tăcerea mea vorbește... Câteodată aduce la suprafață momente rupte din realitate, neînțelese, neglijate sau unele chiar uitate. Le aduce la lumină, pentru a le privi încă o dată, pentru a le înțelege noima și dacă au într-adevăr valoare și semnificație. Sau poate doar pentru a le lăsa să se desprindă de mine.

Tăcerea mea n-a fost niciodată acel gol, uneori incomod, despre care îmi vorbeau unii oameni la finalul orelor de fitness, când exploram împreună meditația. Atunci am înțeles că există și oameni care se tem de tăcere — pentru că în acele momente sunt nevoiți să privească înlăuntrul lor. Se tem, poate pentru că nu știu să se ierte, să se prețuiască. Sau poate pur și simplu nu știu să-și înfrunte temerile.

Mă întristează când simt o ființă ruptă de propria esență — de acel spațiu tainic unde locuiește puterea, sensibilitatea și adevărul. De ceea ce îi mențin în viață. Sunt oameni care nu trăiesc, ci sunt trăiți de cei din jur, de cei care îi conduc. Și atunci îmi reamintesc că adevărata bogăție a unui om nu stă în ce arată lumii, ci în ceea ce nu se vede, în ceea ce poartă în interior. Miracolul este în noi. Viața.

Când gândurile se retrag, liniștea se transformă într-o *pură prezență*.

Atunci, Suflet blând, îți aud glasul!

Îmi șoptești noi înțelepciuni, culese din profunzimile vieții. Simt bătăile inimii — inima noastră, care ne poartă neîncetat prin zi și noapte. Respirația îmi străbate corpul, tandru și binefăcător, sângele îmi susură în vene, bogat și hrănitor.

Tăcerea devine calmă și binefăcătoare. Ca o ploaie caldă de vară, îmi pătrunde în ființă și o regenerează cu o energie proaspătă. Apoi, ea se revarsă în jurul meu... o adiere ce trezește pământul. Din ea se nasc *noi speranțe, dorințe ce ard blând*, în taină. *Noi înfăptuiri* prind viață, ca niște flori crescute dintr-un sol sănătos, vindecat.

Când gândurile tac, aud limpede freamătul corpului. Uneori, în colțuri liniștite din mine, se stârnește un strigăt fizic, cerând o alergare prin pădure sau o întindere la soare, pentru ca mușchii să se destindă.

Este atât de important să ascultăm mesajele corpului! Fără această aptitudine n-ar fi fost cu putință performanțele sportive...

Îți mai amintești acei ani rebeli, în care ne antrenam cu ardoare, ca doi visători înflăcărați, în maratonul dincolo de limite? Atunci am început să prețuiesc tăcerea.

Să o văd ca o *forță interioară*.

În liniștea interioară mi-am găsit *adevărata putere*, atunci când mă concentram pe țelul meu înainte de antrenament, când îmi alinam durerile mușchilor și îmi îmblânzeam teama în mijlocul antrenamentului, când respiram recunoștință după fiecare izbândă. *Acea tăcere era ca o magie*, un ritm interior — neclintit, puternic, eliberator.

Poate că acel record sportiv n-ar fi existat niciodată fără a cunoaște măiestria liniștii interioare. Fără ea nu ți-aș fi auzit glasul răsunând ca o chemare salvatoare:

„Nu ceda, orice-ar fi!"

Nu ți-aș fi zărit mâna întinsă spre mine, în clipa aceea fragilă, când eram aproape să cad... pentru totdeauna, să mă sfârșesc, căci trecusem de limitele normale ale performanței. Atunci, tu mi-ai arătat că, dincolo de strigăte, se ascunde o putere fără margini. O *renaștere*.

Când tac, tu vorbești. În imagini care se nasc din adâncul memoriei, în răspunsuri ce vin ca senzații și tresăriri. Cândva, tu ai fost cel care mi-ai spus că tăcerea este un semn de *maturitate*. Că în lumea în care totul se spune, ceea ce se simte fără să fie rostit e cel mai adevărat.

Ai dreptate!

Doar maturitatea ştie de ceea ce avem nevoie ca sa fim împliniţi. Ea mi-a vorbit despre curajul sincerităţii cu mine însămi. Şi de atunci am încetat să-mi croiesc drumuri din iluzii.

În linişte *mă regăsesc*. Limpede. Eu o numesc casa ta. Locul unde nu mai trebuie să fiu nimic, decât eu, cât mai aproape de mine. Când nu am cuvinte, tu mă faci să-mi simt existenţa într-un alt mod. *Când nu întreb, tu îmi aşezi răspunsul în inimă.*

Ştii, într-o zi, în timp ce meditam, inima mea mi-a desenat... un... „*Te iubesc.*" A fost un moment tandru şi profund. O întâlnire cu acel adevăr divin care se simte şi se trăieşte.

Mi-au dat lacrimile!...
Instinctiv, mi-am îmbrăţişat inima cu tot ce eram.

Ceea ce este pur şi adevărat nu cere atenţie — există în tăcere.

Când meditez, totul prinde viaţă, devine mai intens. Atunci apar acele culori vii şi proaspete, de soare, de trandafir roşu, de senin, de alb pur ieşit din camelii. Se deschid acele percepţii, în care picăturile de ploaie cad lin şi frumos, frunzele se zbat în fiori de vânt, tălpile absorb energia pământului, plămânii au miresme de iarbă proaspătă ... și parcă înțeleg graiul păsăresc. Viața începe să strălucească în minune. Atunci știu... că tăcerea poate fi *intensitate*.

E spațiul în care *creația* se naște și nu are nevoie de aplauze. E pură și frumoasă, pregătită pentru a aduce stupori sau reflecții în alte suflete de pe pământ.

Câteodată, mă scufund în profunzimi pentru a aduce la suprafață ceva nou și autentic din ființa mea. Așa și tu, Suflet suav, te pierzi uneori în negura divină, de unde te întorci cu brațele pline cu comori. Mi le dărui cu un zâmbet suav și satisfăcut. Iar eu le împletesc în cuvinte și le aștern pe pagini.

Când îmi păstrez liniștea interioară, percepțiile cresc. Remarc detalii — un gest, o privire, o pauză care spune mai mult decât orice cuvânt. Și văd subtilități care îmi arată iubire, neiubire, prețuire sau indiferență.

La răsărit, pășesc desculță într-o nouă dimineață — aici, totul devine un început. Pe cărarea dintre două respirații aud șoapte. Privesc în oglinda propriilor trăiri. Respir încet. Totul e plin cu prezență, cu existență.

La sfârșitul zilei, port în mine o lumină nouă — una care mângâie. Tăcerea mi-a dăruit putere, recunoaștere, înțelegere, speranță, înfăptuiri noi și m-a învățat să mă rog, uneori, fără cuvinte.

Îți mulțumesc, pentru că îmi amintești că nu e nevoie să vorbesc mereu pentru a fi înțeleasă.

A ta,

Laura

5 August 2025

Există momente în care sufletul tace atât de adânc, încât ne auzim rănile vorbind. E o tăcere care cheamă — discret, răbdător — către o regăsire pierdută de mult, dar și spre vindecare. Această scrisoare este trimisă din interiorul unei inimi care a știut să asculte.

A pornit dintr-un spațiu fragil, acolo unde trecutul pulsa din dureri nespuse la timp. Dar tocmai în acel loc de sinceritate a început vindecarea, ca o îmbrățișare între două părți ale ființei.

Aceste pagini sunt o invitație. Să te oprești. Să reflectezi. Să ne acordăm permisiunea de a nu mai fi perfecți în fața lumii, dar adevărați în fața noastră.

Căci vindecarea nu vine mereu în liniște... dar vine întotdeauna când suntem pregătiți să ne ascultăm sufletul.

Despre vindecare

Iertarea este începutul vindecării

Suflet drag,

Astăzi, cerul e senin. Doar un vânt regenerant bate printre razele de soare. Copacul de Banksia rămâne liniștit, presărat cu lumini și umbre. Florile lui nu doar înfloresc — par torțe aprinse, ard într-un roșu intens, ca și cum ar purta în ele o flacără vie. Sunt un loc de atracție și un mic paradis culinar pentru papagalii Lorikets și păsările Kookaburra.

Simt o liniște adâncă, binefăcătoare, nu numai în jurul meu, dar și în interior. Astăzi mi se pare că ești diferit. Nu mai ești freamăt, nici întrebare.
Ești liniște, plină, armonioasă.

Te simt ca o frunză care știe să cadă fără teamă, știind că pământul o va primi cu blândețe. Meriți fiecare clipă de liniște care îți vine acum.

Îmi perind ascultarea printre foșnete de vânt... Îți mai aduci aminte de acele timpuri, când, tot în adieri de vânt, ne risipeam gândurile nefolositoare în acele apusuri pictate cu nuanțe de chihlimbar?!

Mi s-a părut o pură magie...

Dar nu era așa. A fost rezultatul călătorilor pe tărâmurile delicate ale ființei, al curajului, al perseverenței, al dorinței ca să ne fie bine.

Am crescut ca o floare din piatră — delicată și neînfricată. Am realizat că tăcerea poate fi muzică, atunci când e compusă din bătăile inimii și murmurul unei ploi calde de vară. Cu tine, Suflet drag, totul mi se pare posibil!

Mă ascund sub pleoapa timpului, acolo unde nu mai cer doar să savurez seninătate...

În trecut, viața mi-a spus că durerea e o lecție, dar nu m-a întrebat dacă am înțeles. Tu ai tăcut. Apoi, după un timp, ai venit și mi-ai șoptit în vis ...

„Te cunosc dincolo de cuvinte, dincolo de orice rană ce și-a uitat rostul. Aștept să te întorci la tine. Durerea ta e și a mea, și-n tăcerea ei tu ai crescut, ai învățat să ierți. În acest timp de tăcere, te-am lăsat să înveți..."

Să știi că ți-am urmat cuvintele. Mi-am dezvoltat puterea de a lupta... pentru mine, pentru tine, pentru întreaga ființă.

În acele timpuri am cărat umbre, temându-mă că lumina îmi va trăda vulnerabilitatea. Uitasem cum se simte pacea și armonia… Și ți-am cerut să mă înveți să o simt... Iar tu mi-ai spus:

„privește fiecare amintire, chiar și prin cele care dor. Înțelege mai mult..."

Și de atunci, drumul spre vindecare a devenit mai ușor. A fost acompaniat de sunetul unei harpe nevăzute, care venea din reveria ta. Pe acel drum am descoperit un pârâu luminos ce izvorăște din interiorul inimii... L-am numit *Iubire*.

Atunci, am știut că vindecarea e un drum discret, unde *descoperi, privești, înțelegi... și ierți*. Știința ar defini-o ca regenerare celulară, plasticitate neuronală sau puterea minții.

Mai știi ce scriam despre tine, cu câțiva ani în urmă, în acea carte care îmi devenise drumul spre vindecare?

„Trecutul pare adeseori un miraj ce strălucește din oglinda vremii, chemând sufletul călător să se piardă în fericiri și suferințe trecute. Dar cugetul nu doarme. Încearcă să-i găsească echilibru în prezent, străbate pădurile, râurile și văile cerului, în căutarea a tot ce-i mai bun și frumos. În aceste căutări, iubirea de oameni, natura și universul devin o simbioză feerică și binefăcătoare."

Scriam despre vindecare că este un „eu" care găsește o nouă semnificație a durerii: își folosește energia izvorâtă din suferință pentru a lupta și a învinge. Pe acea cale, eul întâlnește un sens profund al identității și o nouă forță interioară.

Vindecarea nu a fost o linie dreaptă. A fost uneori o spirală, asemenea unei păsări rănite care a învățat să zboare din nou. A fost *încercare, răbdare, dar și o imensă dorință de bine.*

Atunci când rănile nu mai sunt ascunse, ele devin *deschideri... spre soare, curaj și schimbare.*

Vindecarea nu e uitare. E *memorie transformată în blândețe.* E acea îmbrățișare caldă, dăruită celor care au plecat... sau celor care m-au rănit, iar eu i-am iertat.

Mă iert și pe mine... pentru acele momente în care nu am putut să te înțeleg. Eram prea rebelă. Acum totul e altfel. Sunt cu tine și nu mă mai tem să strălucesc chiar și în fragilitate!

Îți amintești aceste cuvinte? Le-am scris împreună, atunci când am simțit pentru prima dată că ne-a tămăduit:

„Crâmpeie din viață se aștern lin în interiorul ființei... Par milenii de secunde, milenii de trăiri metamorfozate în fulgi tandri de ninsoare. Fulgii răcoroși și binefăcători se aștern lin, și se topesc pe scântei de răni. Le vindecă prin puritatea și gingășia lor, cu esența lor tămăduitoare. În adâncimi adoarme și glasul copilului părăsit, odată cu strigătele tinerei blestemată cu frumusețe. Pier în tăcere... Femeia matură ce-și găsise puterea învingând nefirescul, evadează încă o dată în negura trecutului, pentru a înțelege, pentru ierta, pentru a se lepăda de dureri, pentru a-și lăsa sufletul pur, dezgolit, să renască..."

Călătoria în trecut mi-a făcut bine. Tu mi-ai spus că nu trebuie să repar totul. Doar să mă așez lângă mine însămi și să privesc fără judecată.

Îți mulțumesc că nu ai grăbit nimic!

Că m-ai ținut, în povești, în vis, în dor — până când am regăsit drumul.

Te port cu mine ca pe o carte nevăzută, cu file ce mă mângâie în tăcere. Le citesc, le ascult din nou, atunci când lacrimile îmi năpădesc obrajii, când gândurile îmi caută o nouă vindecare.

Te privesc cu ochii adânci ai timpului și îți mulțumesc pentru tot ce ai îndurat. M-ai sfătuit să iubesc chiar și umbrele din mine, să accept că *rănile nu sunt rușine, sunt porți spre înțelepciune.*

Te simt acum ca un câmp de lavandă după furtună: încă tremurând, dar viu.

Petalele de lumină ce cad de pe tine poartă parfumul unui „da" spus iubirii, vieții și oamenilor, chiar și atunci când ei nu mă înțeleg pe deplin. Important este ca eu să-i înțeleg.

Promit în continuare să te mângâi cu aripi de păsări și valuri blânde, să-ți spun povești în care nu sunt victima, ci o artistă — *sculptând din durere armonie și iubire.*

Suntem întotdeauna împreună, prieten iubit!

Tu și eu, cu înțelepciunea... de a ierta, de a iubi, de a vindeca.

Cu iubire,

Eu

1 August 2025

Lumina
din cuvinte

Există momente în viață când cuvintele ne sunt luate, când vocea noastră e redusă la tăcere, când durerea nu are voie să fie rostită.

Această scrisoare este pentru acele suflete care au fost pedepsite pentru sinceritate, care au fost rușinate pentru că nu se încadrau în formulele lumii, care trebuiau să tacă atunci când aveau cel mai mult nevoie să fie auzite. Este o scrisoare despre puterea cuvintelor. Pentru toți cei care au fost întrebați fără blândețe, care au fost priviți fără înțelegere, care au fost judecați fără să fie cunoscuți — această scrisoare este un răspuns. Un răspuns din inimă, din acel loc unde cuvintele nu mai tremură, ele strălucesc.

Despre Puterea Cuvintelor

Dragul meu Suflet,

Astăzi este o nouă zi din viața noastră... Când îți scriu, simt o eliberare din locurile tăcute ale entității. Cuvintele îmi cad ușor pe pământ, ca petalele unei flori care se desprind în zori, eliberând emoții tangibile și gânduri răcoritoare.

Tu m-ai văzut tăcând atunci când interiorul îmi era zguduit de strigăte. M-ai simțit tremurând în fața întrebărilor care nu mă defineau, dar mă judecau.

Tăceam și în fața ochilor aspri, care mă priveau cu furie — dar acea furie nu avea de a face cu mine, ci cu lipsa lor de compasiune, de înțelegere. Și am plâns cu tine, în acele clipe când cuvintele îmi erau interzise, când vocea mea era considerată prea slabă, prea greșită, prea mult.

Au fost momente când am fost lovită pentru că vorbeam, pentru că spuneam ceea ce simțeam.

Eram doar un copil.

Dar tu m-ai ridicat.

M-ai înălțat și m-ai luat de mână.

M-ai alinat cu bunătatea ta.

Rănile au rămas ascunse în interior. Am știut doar, că trebuie să plec departe, printre străini, pentru a nu mai fi lovită. Pentru a fi în siguranță. Am luat cu mine și acele răni, pentru a le vindeca mai târziu, când voi deveni matură.

În timpul școlii, au fost clipe în care tăcerea nu era o alegere, era neputință. Nu aveam cuvinte, nu pentru că nu voiam să vorbesc, ci pentru că nu înțelegeam ce mi se cerea să știu. În mine locuiau alte adevăruri, fără cuvinte, pe care ei nu le puteau cuprinde.

Acea lipsă de informație nu era o lipsă din ființă. Dar eu nu știam asta. Teama de a greși când eram scoasă la tablă îmi înnoda gândurile, rușinea de a nu ști îmi închidea gura înainte ca vreun cuvânt să prindă viață.

Și totuși, tu, Suflet înțelept, îmi trimiteai semne neliniștite din adâncuri. Îmi vorbeai în limbajul inimii, dar eu eram prea imatură ca să te înțeleg.

Eram orbită de frică, de rușine, de dorința de a fi pe placul unei lumi care nu mă înțelegea. Au trecut mulți ani, până când am înțeles adevărul.

Te-am zărit mai târziu, pe acel drum spiritual, pe acea potecă prăfuită pe care colindai neobosit ...acolo, lângă visele noastre. Mi-a trebuit timp.

Mult timp, până când am învățat să te ascult.

Să te recunosc. Să te cred.

Și atunci, cuvintele au început să curgă... în răspunsuri, în revelații. Au devenit pline cu frumusețe și profunzime. De atunci, sunt fluturi care îmi poartă visele mai departe, sunt scoici care conțin perle prețioase de înțelepciune, iar câteodată sunt izvoare care revarsă o energie învioorătoare în lumea din jurul meu.

Acum înțeleg mai mult din tot. Și de ce am fost oprită să vorbesc și de ce am fost judecată când nu am știu să vorbesc.

Astăzi, glasul meu poartă altă menire. Vorbele îmi curg cu mândrie, din plăcerea sinceră de a fi ajuns aici. Le rostesc din înțelepciunea culeasă pas cu pas, de pe potecile vieții, uneori abrupte, alteori pline de flori.

Și mă simt văzută.

Nu de ceilalți.

Ci de mine.

Apreciez fiecare sunet care se naşte din mine, ca pe o ofrandă a propriei deveniri. Vorbesc în faţa oamenilor, pe scenă, grăiesc prin cărţile scrise. Şi primesc aplauze. Pentru ceea ce creez. Pentru ceea ce rostesc. Pentru melodia care se naşte din cuvintele mele şi din vibraţia vocii.

Acea melodie nu e doar a mea. E a ta, suflet drag. Tu ai compus-o în tăcere, în nopţile în care eu nu te auzeam. Acum o simt. Ca o zbatere blândă de valuri marine, tandre, ritmice, liniştite.

Ca o respiraţie a mării în mine.

Astăzi, rostesc adevăruri rare pe care puţini le-au aflat. Sunt comorile mele, strânse din peşteri reci şi singuratice, unde am păşit cu teamă, dar am ieşit cu înţelepciune în priviri. Le port în piept ca pe nişte stele ascunse. Din ele îmi ţes momente de armonie sau clipe din care se nasc idei noi, ca fluturi ce se desprind din coconi de tăcere.

Îmi place să-mi deschid porţile inimii, să las cuvintele să se reverse de pe buze, ca nişte râuri de lumină. Odihnitoare. Vindecătoare. Fortifiante. Sunt darurile mele. Şi le ofer lumii cu bucuria celui care ştie că *frumusețea se naște din curajul de a fi sincer cu tine însăți.*

Cuvintele mele nu sunt doar sunete. Sunt nestemate vii, valori și calități crescute din singurătate.

Astăzi, sunt puternică în locurile unde am fost făcută să mă simt mică. Cei care m-au pedepsit cu note, cu priviri tăioase, cu lipsa de înțelegere — nu au văzut comoara din mine. Ei nu au știut despre iubirea de sine, despre curajul de a merge mai departe când totul pare pierdut.

Ei n-au înțeles că viața nu se măsoară în formule, în calcule reci sau în pași standardizați.

Se măsoară în felul în care îți porți inima prin lume — cu demnitate, cu tandrețe, cu curaj.

Prin felul în care știi să te ridici singură, cu blândețe și forță, fără să te sprijini pe cei din jur.

În puterea de a păși prin durere, cu ochii fixați pe o dorință arzătoare.

Și în hotărârea de a nu ceda. Niciodată.

Ador cuvintele. Ele se revarsă uneori ca valuri de poveşti, aducând zâmbete pe chipuri mirate, alteori ne fac sângele să zvâcnească în trup — de bucurie, de melancolie, de dor. Şi uneori, ne copleşesc cu lacrimi, când deschid porţi către tărâmuri neştiute, către trăiri magice, adânci, revelatoare.

Prin cuvinte trăim, simţim totul mai profund, mai intens, mai viu.

Tu m-ai învăţat să vorbesc din ecoul inimii mele.

Să dau glas unei muzici interioare, care nu se aude, dar se simte. Ca o vibraţie care uneşte cerul cu pământul şi mă face fericită.

Mi-ai spus să scriu din tristeţe şi să iubesc din lipsă.

Cuvintele mele mi-au devenit o vindecare. Pentru mine. Pentru alţii. Pentru lumea care are nevoie de glasul meu.

Nu mă mai ruşinez dacă greşesc sau atunci când îmi lipsesc cuvintele. Pentru că eu sunt dovada vie că tăcerea poate deveni poezie, poveşti care inspiră.

Că greșeala poate deveni victorie.

Am să continui să vorbesc din suflet, din învățăturile tale, chiar și atunci când nimeni nu mă crede sau înțelege.

Suflet drag, ești o lumină care nu se stinge niciodată, pentru că ești creat din lumină!

Cu iubire,
Un glas care te cântă mereu

10 August, 2025

Există momente în care drumul pare să ne ceară încredere. Nu în ceilalți. Nu în viitor. Într-o voce care trăiește în noi și care știe, chiar și când noi ne îndoim. Încrederea e o mare victorie. Uneori fragilă, alteori luminoasă, ea se naște și crește din alegeri mici: să vezi, să înțelegi, apoi să crezi cu desăvârșire.

Această scrisoare nu este despre o teorie. Este o îmbrățișare. Am scris-o pentru tine. Dar și pentru mine. Și pentru toate sufletele care au uitat, într-o clipă de rătăcire, că încrederea e cel mai frumos dar pe care ni-l putem face.

92

Despre Încrederea de sine

Acel gând care te poartă de la ceea ce ești, la ce poți deveni

Dragul meu,

Astăzi, soarele strălucește peste pământul îmbibat cu apă... Fâșii de lumină se strecoară printre copaci și se aștern pe iarba umedă. Ah, mi-a fost dor de această lumină binefăcătoare!

E încă iarnă. Cameliile și-au scuturat câteva petale din florile rozalii. Nu se tem să înflorească în miezul frigului. Își urmează cursul lor lăuntric, orice ar fi. Au încredere în natura lor.

Privesc cum, din nou, vântul desface câteva petale și le lasă lin pe pământ... Acolo se vor desfăta încă un timp pe iarba proaspătă, apoi se vor uni din nou cu pământul — cel care le va face să înflorească iar, în sezonul următor

Suflet drag, aș dori să reflect... și să-ți scriu despre Încredere. O port cu mine ca pe o promisiune sacră, chiar și atunci când îndoiala mă face să tremur.

Încrederea de sine... e acel *fir magnetic de lumină care îmi leagă pașii de drum*, chiar și atunci când nu-l văd limpede.

E ca un foc blând ce arde în miezul ființei mele — o lumină care mă ține aproape de tine, de esența a ceea ce sunt. Când simt această căldură, sunt completă: cu forță și fragilitate, cu visuri clare și pași înrădăcinați în lecțiile vieții.

Atunci, pot crea, pot împlini, pot fi.

Doar absența acestei flăcări ar putea să mă stingă... dar chiar și atunci, știu că se poate reaprinde.

Când mă simt nesigură, mă întorc spre mine cu blândețe. Așa mi-ai spus să mă alin... cu cuvinte calde: *„Poate nu știu încă îndeajuns, dar știu că pot să învăț."*

Încrederea e și în acele momente când am curajul să spun... „nu știu." E acel spațiu în care nu mă tem să fiu văzută în vulnerabilitate, în neștiință.

Tu mi-ai arătat că încrederea nu vine din ceea ce fac perfect, ea vine din *înțelegere.*
În primul rând am încredere în tine, Sufletul meu! Tu rămâi lângă mine chiar dacă sunt neputincioasă, nu fugi de umbrele mele, doar le ții în palmă ca pe niște fluturi obosiți.

Tu știi... că atunci când slăbiciunea mă cuprinde, nu e cădere, e doar începutul unei regenerări. În adâncul acelei fragilități, strălucește o putere care se adună lent. După un timp, mă ridic din nou, purtată de o energie proaspătă, înflăcărată de dorința de a merge acolo unde inima îmi spune și de a împlini ceea ce îmi doresc cu adevărat.

Brațele tale îmi sunt un mic cuib unde mă pot odihni fără să fiu judecată.

Tu ești micul meu paradis.
Minunea ce există în mine.
Tu ești spațiul în care pot să fiu prețuită și când sunt înfrântă.

Încrederea e un act de cunoaștere deplină a propriei ființe — o simțire că nu sunt singură, că împreună putem înfrunta orice necunoscut.

Simt   valorile care mă definesc și calitățile sculptate în mine în timp și prin experiență. Ele știu când să se ridice și să răspundă, cu blândețe sau fermitate, în funcție de ceea ce cere momentul. Iar când pășesc pe scenă, în scânteia privirilor, simt că port în mine tot ce e necesar pentru ca binele să se întâmple. Îmi las gândurile profunde să iasă la suprafață și glasul duios să răsune în cuvinte cu menire și cu frumos.

Atunci când lumea îmi cere să fiu puternică, eu aleg să fiu sinceră. Pentru *că sinceritatea e începutul încrederii.*

Uneori, când ofer încredere altor oameni, risc. Dar tocmai acest risc mă apropie de realitate, de viață. E o reciprocitate. Ca în acel joc simplu, în care doi străini își împart o sumă de bani – și totuși aleg să aibă încredere unul în celălalt. Chiar dacă pierd, cu siguranță, voi câștiga un nou adevăr.

Încrederea nu exclude frica. Uneori simt frica – dar e mai blândă, mai efemeră decât în trecut. Când vine, o primesc ca pe o veche prietenă rătăcită. Copilă de demult, tremurândă și nesigură, apare într-un loc din mine.

Știu că are nevoie de mine! E confuză.

Crede că nu știe nimic.

Crede că se va face de rușine.

Se teme de ridicol și de necunoscut.

Atunci mă așez lângă ea. Cu blândețe îi reamintesc cine suntem. Îi povestesc despre curajul nostru, despre zilele în care ne-am ridicat împreună și am strălucit. Îi vorbesc despre tine, Suflet iubit – cel care știe să aprindă o nouă scânteie când totul pare închis.

Îi amintesc de bogăția ființei noastre.

Și că ea e completă.

Iar dacă nu mă ascultă, o dojenesc. Îi amintesc că nu e menită să îmi fie o povară, ci să mă ajute așa cum poate. Atunci mă privește uimită, ca trezită dintr-un vis. Și mă ascultă. Stă acolo liniștită. Și în acea liniște, celelalte părți din mine — înțelepciunea, imaginația, știința acumulată — încep să lucreze, se revarsă spre exterior prin cuvinte. Fiecare își cunoaște rostul. Fiecare își face treaba în liniște și claritate.

Încrederea nu se construiește dintr-o dată. Se țese, ca o pânză fină, cu pași mici și înceți, prin gânduri care spun: „*Te văd. Te cred. Te înțeleg.*"

În trecut, încrederea mi se părea un sentiment greu de înțeles. Uneori venea pe neașteptate, cu puteri nevăzute. Rămânea lângă mine și îmi dădea o energie miraculoasă, ca să urc spre culmi pe care nici nu le visam. Alteori, încrederea se arăta fragilă, asemenea unui fluture: abia simțită, delicată, ușor de zdrobit. Se pierdea apoi în ceața necunoscutului, lăsând în urmă doar o tăcere confuză.

Dar în timp, a devenit brațul care mă susține când îndoiala încearcă să mă amețească. A *crescut în mine ca o nouă lumină*, care s-a strecurat în cuvintele grăite, în alegerile pe care le fac.

Suflet iubit, te văd, te ador, te cred!
Te cred când tremuri, când taci, când mă împingi în necunoscut.
Te cred chiar și când mă doare să te urmez.
Pentru că dincolo de teamă ești tu.
Tu știi. Tu simți. Tu ești.
Și dacă lumea se frânge în jurul meu, am să aleg să mă sprijin în tine.

Îți mulțumesc că m-ai învățat să fiu vulnerabilă fără teamă. Să rămân, chiar și când nu înțeleg. Pentru

că încrederea e gândul dintre ceea ce sunt și ceea ce
pot deveni!

Cu toată iubirea,

Eu

15 August 2025

Despre iubire...

Când sufletul înflorește în tăcere

Suflet drag,

Azi te-am simțit în freamătul unei petale calde ce a căzut fără vânt. A căzut în tăcere, doar din zvâcnirea efemeră a unei emoții.

Te-ai strecurat printre gânduri și mi-ai șoptit, așa, în cuvintele tale moi, că iubirea există în fiecare clipă, și în fiecare loc unde se poate îndrepta privirea — dar numai atunci când ea izvorăște din adâncul ființei mele. Atunci, ea luminează tot ce întâlnește.

Nu este pentru prima dată când îmi vorbești despre acest adevăr. Dar poate că adevărurile mari nu se spun o singură dată. Ele se repetă blând, ca o rugăciune, ca o bătaie de inimă. Tu nu-mi ceri să le țin minte — doar să le simt. Și ai dreptate! Noi, oamenii, uităm să simțim ceea ce este adevărat și profund. Dar iubirea nu se supără pe uitare. Ea este în mine. Și se manifestă adeseori printr-un cuvânt, un gest, o scrisoare...

De fapt, eu cred *că iubirea nu are forme, nici înțelegeri științifice, ci urme lăsate în fapte.* Se regăsește în *ceea ce mi-a umplut ființa cu ferciri neuitate,* în strigătul de durere când am pierdut un om drag, în atingerea blândă care a alinat o suferință, în *mâna întinsă către cei în nevoie* — acolo unde am ales să dăruiesc din iubire.

Acum, când scriu, nu sunt sigură dacă eu îți scriu ție, sau tu îmi scrii mie. Dar nu are importanță. Adevărat este că ne căutăm! Sau că ne-am regăsit! Știu că tu ești rădăcina mea în furtună, sprijinul tăcut care m-a ținut ancorată când totul părea să se clatine! Așa am simțit întotdeauna, în momentele grele. Am simțit brațele tale, nevăzute, dar ferme. Și inima ta, bătând puternic, ca eu să o aud. Ca să nu uit că sunt iubită.

Mai ții minte acea seară de vară, când mi-ai șters lacrimile cu șoaptele tale? Mi-ai spus să nu fiu tristă când nu sunt văzută, sau apreciată, că iubirea locuiește și în tăceri, pe care eu trebuie să le înțeleg... în gesturi care par banale la prima vedere, dar poate nu sunt... doar am uitat eu să le prețuiesc?! Și mi-ai mai spus că, uneori, iubirea rămâne ascunsă în priviri încărcate cu negura cotidiană, sub suferințe nespuse, sau în spatele oboselii lăsate de o zi copleșitoare. Nu am uitat nimic! Și cât de mult îți prețuiesc acele cuvinte!

Știu că-mi simți tremurul inimii, când ating o amintire încununată cu iubire. Ah, Suflet divin, viața mi-a dovedit că *iubirea adevărată nu se caută. Ea vine.* Uneori ca o ploaie de emoții, caldă și binefăcătoare, alteori ca o durere ce refuză să plece. Dar întotdeauna este sinceră.

Cândva, mi-ai vorbit despre iubirea de sine — acea voce plină de căldură și bunătate, care poate ridica cu puterea ei un om lovit de greutăți, căzut la pământ. Să știi că am descoperit-o și în mine! Ori de câte ori mă simt pierdută, aud un glas suav în interior. Mă caută, mă alină, mă vindecă. Acel glas nu poate fi decât iubirea de sine. O iubire pură, pe care o respir și o trăiesc.

În goana anilor, am început să aud chemarea creației — ca o undă tandră, dar clară, ce-mi atinge ființa. Arta, literatura, miracolul cuvântului au devenit pasiuni nerostite, dar profund simțite. Îmi dăruiesc speranțe, fiori de descoperiri și bucurii nevăzute. Din propria creație se înalță forme noi, binefăcătoare. Iar ea poartă și ceva din tine... stropi magici din energia ta caldă și fermecătoare.

Îmi aduc aminte de acele clipe tainice, când mă gândeam la cei plecați... iar tu mi-ai povestit despre iubirea de rădăcini — care se poartă pe trupul inimii, ca o rochie cusută de o mână divină cu emoții și iubire, pentru cei din care eu provin. O port, de atunci, cu onoare și mândrie!

Adeseori, mi-ai umplut clipele de singurătate cu iubirea ta. Nu cu vorbe. Cu acea răbdare care a știut să rămână atâta timp cât am avut nevoie. Nu m-ai întrebat „de ce", ai fost acolo să mă încălzești cu lumină. Ai rămas lângă gândurile mele, căzute ca păsările rănite pe pământul rece al indiferenței. Tu le-ai adunat cu blândețe, le-ai îmbrățișat cu tandrețe, și le-ai urcat din nou spre cerul iubirii.

Tu ești cel care mă înalță, atunci când uit cine sunt! Ești aripa care îmi reamintește cum să zbor, chiar și atunci când uit cerul!

Zâmbesc... Gândurile îmi zboară spre acele seri când am scris împreună povestea de iubire a Măriucăi și a lui Ionuț... Doamne, prin ce trăiri am trecut!

Atunci, tot tu ai fost cel care mi-a fost alături, cel care m-a ajutat să dau glas acelei cărți. Cuvintele tale încă îmi vibrează pe peretele inimii:

„Un Crăciun, un Paște, ziua de naştere, o fotografie, o situație anume, ne reamintesc de iubirea părintească. Şi atunci, apare o zvâcnire de durere în inimă, o durere care provine nu numai din acea inefabilă pierdere, ci şi din dorința de a fi iubit din nou, necondiționat şi în profunzime. Şi Ana şi-a dorit o viață întreagă un singur lucru: să iubească şi să fie iubită."

Ana eram eu... Dar, cu timpul, m-am schimbat. Am devenit mai conştientă de iubirea ta... şi de adevărul că tot ceea ce am nevoie se află înlăuntrul meu.

Am realizat, un pic mai târziu, că ceea ce aleg să iubesc îmi trasează conturul zilelor şi profunzimea nopților. Uneori, am iubit ce nu mi-a aparținut, ce m-a rănit. Dar am descoperit noi adevăruri din acele lecții de viață!... Acum *ştiu să iubesc ce mă înalță, ce mă protejează, ce mă apropie de cine sunt cu adevărat.* Iubirea pe care o port în mine este despre o *alegere conştientă.* Iar dacă în mine e pace şi lumină, este pentru că tu mi-ai arătat că merit tot ce este curat, profund şi sincer.

Cuvintele tale au parfumul unei ființe care nu se uită. Îți simt căldura zâmbetului pe chip... Acel zâmbet a devenit al meu. Și e plin cu recunoștință. Pentru vindecare. Pentru înțelegerea că iubirea adevărată nu dispare niciodată. Ea se reînnoiește în clipele pășite împreună pe drumul vieții!

Și știi ce este cu adevărat poetic? Faptul că iubirea pe care am descoperit-o înlăuntrul meu este acum pregătită să se reverse în afară, mai intensă, mai autentică. Am devenit mai mult decât o poveste — sunt autoarea propriei metamorfoze. Ceea ce am construit împreună cu tine, a fost un lung șir de scări spre o viață plină cu lumină.

În această scrisoare, Suflet drag, nu îți cer nimic. Doar îți mulțumesc cu lacrimi de iubire!

Îți mulțumesc pentru felul în care știi să mă iubești fără pretenții, fără măsuri. Ești privirea caldă, cuvintele înțelepte care mi-au rămas pe filele cărților scrise, adierea care m-a întors către bunătate, atunci când lumea părea să mă stingă în uitare. Sunt fericită să știu că pașii noștri lasă în urmă trăiri adevărate!

Tu știi că iubirea mea e imperfectă. Că ea se îndoiește, se teme, se împotmolește uneori în ceața

106

confuziei. Dar tot tu ești cel care o cauți, o redescoperi în forme noi, o rescrii în povești cântate, o înalți acolo unde nu mai poate fi alterată de nimeni.

Îți mulțumesc pentru toate felurile în care m-ai învățat să iubesc... Să iubesc în lumină, în uitare, în tăcere, în durere, în cădere. Dar mai ales, să iubesc fără așteptări — ca o floare care înflorește doar pentru a dărui parfumul ei celor din jur.

Pentru această iubire, îți mulțumesc!

A ta,

Laura

20 August, 2025

Această scrisoare nu se adresează minții grăbite, ci inimii care știe să asculte. E o mărturisire, o călătorie spre acea parte din noi care nu consideră fragilitatea o slăbiciune, ci o transformă într-o comoară spirituală. Astăzi, ofer noi revelații. Încerc să definesc înțelepciunea prin acele gesturi simple, prin acele alegeri care m-au îndrumat spre drumul bun.

E o invitație de a privi înăuntru cu blândețe, de a recunoaște că adevărata cunoaștere vine mai puțin din acumularea informațiilor și mai mult din lecțiile culese din experiențe reale. Citește-o nu cu ochii, ci cu sufletul.

Despre Înțelepciune

Sufletul meu e o fântână care nu seacă,

chiar dacă uneori uit să-i ascult murmurul

Dragul meu,

Astăzi ploaia continuă și încă e frig. Dar tu ești rezilient – știi să păstrezi razele de soare și căldură în tine. Le-ai răpit din cer și le-ai așezat în interior ca icoane sfinte, să mă încălzească și să fiu luminoasă.

Știi, uneori mi-e dor de dorul care mă făcea să tresar. Mi-e dor de mine, cea care nu se temea să ardă. Și atunci, pornesc într-o nouă călătorie în care îmi reamintesc ceva înălțător din trecut. Din acea amintire îmi croiesc un nou vis, o nouă dorință pentru viitor.

Suflet iubit, cred că ți-am mai spus că eu te-am simțit înainte să te înțeleg... Ai venit în nopțile în care nu mai aveam întrebări, doar lacrimi. Ai stat lângă mine fără să vorbești, dar mi-ai arătat în felul tău, tot ceea ce aveam nevoie să știu. Și eu te-am înțeles și fără cuvinte. Din vise, din acele simțuri clare, intense, din ideile care au apărut atunci când le strigam, din gândurile senine venite în timpul furtunii.

Mai ții minte acea zi în care mi-ai spus că înțelepciunea nu se scrie... se lasă citită în umbrele dintre cuvinte? Cred că astăzi înțeleg cel mai bine ceea ce mi-ai spus atunci. În profunzimea rostirilor, a faptelor, zărim multe adevăruri.

Ador când se așterne tăcerea. Atunci, tot ceea ce e adevărat devine viu și clar. Mintea e mai lucidă, logica mai alertă, soluțiile apar ca din senin. Nu-mi plac răspunsurile grăbite. Cred că cele mai bune se nasc din claritate, din acea profunzime la care se poate ajunge numai în liniște.

Mult timp am fost o apă care curgea fără întrebare, fără direcție — doar cu dorința de a ajunge undeva, oriunde. Dar într-o zi, ceva din mine a prins glas și mi-a adus un stol de gânduri noi și interesante.

A fost o șoaptă asemănătoare freamătului unei frunze care simte vântul altfel, ca și cum ar înțelege ceva ce nu poate rostit.

Întrebările, odinioară străine, au început să mă viziteze. Nu multe. Dar bune. Adevărate.

Ele au fost cele care *mi-au deschis drumuri noi spre înțelepciune.* Au fost o lanternă aprinsă în peisaje interioare pe care nu știam că le port.

Uneori, o *singură întrebare m-a smuls din automatism,* mi-a oferit o pauză de la gândirea mecanică și m-a invitat să simt, să contemplez, să reevaluez.

Cândva, mi-ai spus că *o întrebare bună e mai vindecătoare decât o mie de sfaturi* — pentru că *mă reconectează cu sensul, cu taina, cu adevărul.*

Ai avut mare dreptate.
Acum, știu că ele mă *transformă, din povestitor în explorator.* Nu mai repet ce știu, doar caut ce nu am trăit încă.

Mă scufund cu ele ca și cu un căluț de mare care mă poartă lin în propria ființă, în noi cugetări. Alteori, îmi sunt o cheie care deschide ușa spre un tărâm nou, fascinant. Întrebările mă apropie cu blândețe de mine însămi.

Însă, nu toate răspunsurile vin repede. Și nici nu trebuie. Unele vin încet, pe coama timpului, din experiențele vieții, dintr-o privire, dintr-o faptă.

Tu, Suflet drag, mi-ai spus că înțelepciunea e o călătorie în care învăț să întreb cu iubire, să răspund cu sinceritate și să accept atunci când, uneori, tăcerea e și ea un răspuns. Unele răspunsuri vin doar când sunt pregătită să le primesc.

Știi, eu cred că înțelepciunea are uneori chipul unei bunici care zâmbește fără grabă, cu ochii adânci ca izvoarele care nu se văd, cele care hrănesc pădurile.

E în gestul simplu al celui care oferă fără să ceară, în privirea care înțelege fără să judece, în cuvintele care nu doresc aplauze, în schimb doresc să facă un bine, să aline.

Într-o zi de primăvară, ascultând pe cineva care ținea un discurs despre viață, am sesizat că strălucirea care orbește este o iluzie. Însă, înțelepciunea adevărată este ca o dimensiune magică... dezvăluie noi adevăruri.

Au fost zile când te-am căutat, Suflete, în toate locurile unde m-am pierdut. Dar tu erai acolo, în interiorul meu, liniștit, așteptând să mă întorc. În acele timpuri mi-am dat seama că înțelepciunea e mai puțin în diplome. Și tot mai puțin în cuvinte poleite cu aur. *Am găsit-o în acele dureri care m-au învățat să fiu mai bună, mai puternică, mai curajoasă.*

Am întâlnit-o în *eșecul care mi-a întărit demnitatea și în singurătatea care mi-a arătat, ca o oglindă, ce simt, cine sunt.*

Este *arta de a tăcea când cuvintele ar răni.*

Este *curajul de a merge mai departe fără să știu drumul.*

Este *puterea de a ierta, când ego-ul strigă furios: „nu iert!"*

Este *recunoștința pentru ceea ce nu s-a întâmplat și care ar fi putut să doară.*

În timp, am început să port în mine înțelepciunea ca pe o sămânță. Uneori uit să o ud, alteori o îngrop prea adânc. Dar ea răsare mereu, discret, în momentele în care o chem, când am nevoie de ea.

Ea nu este o coroană regală.

Este o rană pe care am putut să o vindec.

Este o privire care a văzut mai mult, dar a ales să iubească oricum.

Am căutat înțelepciunea în oameni, în cărți, în stele. Dar am găsit-o și *în bucuria care urmează unei noi izbânde, în curajul de a nu răspunde când orgoliul ar vrea să strige.*

Cumva, am simțit că ea nu este doar triumf.

Este și acel *echilibru* dătător de pace și armonie.

Este *siguranță*, dar și *acceptare*.

Este *putere*, dar și *blândețe*.

Dacă aș da un sfat acelei adolescente care am fost odată, i-aș spune...

„Să nu uiți să iubești cu înțelepciune...

Când viața îți va lovi sufletul cu pietrele întâmplărilor, îmbălsămează-ți rănile cu iubirea ce-ți curge în trup. Rănile se vor vindeca... și în locul lor vor răsări flori. Pe cea mai frumoasă dintre ele va rămâne o lecție de înțelepciune."

În viață, pare un miracol să vezi cât de prețuit ești uneori de străini, o mică durere să simți că cei din apropiere uită adesea să te aprecieze. Dar este o binefacere divină să simți permanent cât de mult însemni Tu pentru tine.

Chipurile înțelepciunii sunt fascinante! Sunt atât de diverse și surprinzătoare! Le întâlnesc acolo unde nu mă aștept. Mă atrag ca o Nirvana, spre tărâmuri noi, necunoscute.

Suflet drag, tu porți înțelepciunea ca pe o amintire dintr-o viață pe care n-ai trăit-o, dar știi ceea ce va veni. Ca pe o mamă care nu ceartă, doar învață.

Și, dacă vreodată voi uita cine sunt, te rog, Sufletul meu, amintește-mi să fiu un om bun, înainte de a fi orice altceva!

Cu iubire,

Eu

25 august 2025

Există momente în care ne oprim din alergare, din căutare, din uitare. Momente în care ne întoarcem către noi înșine — nu ca să ne judecăm, ci ca să ne îmbrățișăm. Această scrisoare s-a născut dintr-un astfel de moment.

E o scrisoare pentru Sufletul meu, dar poate fi și pentru tine, cel care ai simțit că viața e mai mult decât o succesiune de zile. Pentru tine, cel care ai înțeles că ființa umană nu e doar trup, ci și lumină, și memorie, și dor. Am scris despre miracolul de a fi. Despre cum fiecare respirație e o mică minune. Despre cum fiecare clipă trăită cu sens e o formă de recunoștință pentru ceea ce ne-a fost dăruit. Această scrisoare doar te invită să te oprești. Să citești. Să simți. Să-ți amintești că ești un miracol viu.

Despre Miracolul Vieții

Sufletul meu miroase a ploaie caldă pe piatră veche.
Are culoarea mierii în lumina apusului.

Dragul meu Suflet,

Astăzi plouă din nou... Afară bate un vânt tăios, rece. Animalele stau cuminți în adăposturile lor. Dar în mine e din nou soare și căldură... Știi de ce?

Pentru că ești tu acolo, strălucind atât de frumos! Ești un miracol — nu pentru că ai supraviețuit, ci pentru că ai ales să trăiești cu ochii deschiși, cu inima deschisă, cu porii deschiși către lumină.

Gânduri cu trup de păsări desenează imagini gingașe. Aripile le fâlfâie fin, spulberând razele cenușii de pe bolta cugetului. Totul devine un ocean albăstrui, presărat cu lumini strălucitoare. Zăresc șuvoaie mătăsoase de lumină spulberându-se cu un farmec irezistibil în universul atemporal. Simt că materia lor poartă magie.

Sunt o ființă născută din stele și lut. Dintr-un timp care se măsoară în clipe ce lasă scântei de dor în urma lor. Dintr-un timp cu amintiri țesute în veșnicie. Sunt născută din magia sentimentelor, din sărutul cerului cu pământul. Însăși nașterea mea a fost o minune, căci am prins viață din șoaptele și jurămintele a doi îndrăgostiți.

Tu, Suflet drag, ai fost sculptat de încercări, dar nu ești o rană. Ești o simfonie de trăiri.

Ai transformat cicatricile în note muzicale și lacrimile în roua care desenează zâmbete pe pereții inimii. Ai cernut din încercări praful fin al înțelepciunii. Și l-ai presărat pe cărarea vieții, pentru a-mi elucida drumul, ca licuricii din nopțile de vară. Și te-ai luptat cu tăcerea, ca eu să înțeleg, să cresc și să mă înalț din faptele vieții. Doar mi-ai pus în fiecare dimineață la ferestrele tale un nou gând miraculos, pe care eu l-am transformat în poezie, într-o poveste, sau într-o simplă faptă bună. Pentru mine ești o minune!

Viața ne-a fost dăruită. Iar noi am primit-o ca pe o chemare. Am învățat să merg, să cad, să iubesc, să pierd, să renasc. Am înțeles să tac când cuvintele nu mai încap și să vorbesc când tăcerea devine apăsătoare.

Miracolul nu e în ceea ce avem. E în ceea ce suntem.

În felul în care privim cerul, în felul în care îmbrățișăm o dimineață, în felul în care aleg să fiu blândă cu tine, cu mine, cu oamenii.

Când privesc afară, natura și viețile, inima îmi tresare în stupoare. Încă mă minunez de tandrețea fluturilor, de culorile petalelor de flori, de măreția copacilor, de profunzimea și complexitatea vieții. Însăși Einstein spunea că viața poate fi nimic, sau o minune. Depinde de noi, de capacitatea noastră de a o vedea.

Sunt și minuni care plâng în tăcere... Omul a uitat să se închine în fața copacului. A uitat că frunzele sunt daruri de îngeri, că rădăcinile lor emană puteri miraculoase, de la care am putea învăța despre reziliență.

Pădurile nu mai cântă. Ele gem sub tăişul drujbei, se prăbuşesc ca nişte bătrâni care nu mai au cui să spună ce au văzut. Oceanele nu mai încântă. Uneori şochează. Aduc la mal peşti cu ochii stinşi, păsări cu aripi de plastic, corali distruşi de chimicale. Elefanţii nu mai mărşăluiesc în tăcerea savanei. Ei cad, cu colţii smulşi, ca nişte zei detronaţi de o specie care nu mai ştie ce înseamnă sacralitatea.

Omul nu a ştiut să vadă. Dar a ştiut să distrugă. Cu precizie, cu viteză, cu justificări.

Şi totuşi, minunile rămân. Într-un tril de pasăre, într-un apus care refuză să fie urât, într-un copil care se opreşte să atingă o floare.

Poate că nu e prea târziu. Poate că poezia poate salva ce logica a uitat.

Poate că tu, eu, noi — putem învăţa din nou să privim, mai des, mai profund. Să ocrotim miracolele de pe pământ.

Să sărbătorim din când în când pământul care ne poartă existenţa... cerul care ne priveşte protector, animalele care ne învață, în tăcere, lecții de loialitate, curaj și iubire.

Viața nu e doar în oameni.

E în iarba moale care piere și reînvie, în răsăritul care nu întârzie niciodată, în păsările care știu drumul fără hartă. E în pisica ce se cuibărește lângă tine când simte că ești tristă. E în câinele care te iubește fără condiții. E în balena care geme în adâncuri.

Pământul e o mamă tăcută. Ne hrănește, ne susține, ne iartă. Naște flori care oferă frumusețe, munți care nu se laudă cu măreția lor, ape care curg și își știu exact drumul. Și totuși, noi uităm. Uităm că suntem parte din acest miracol. Că suntem făcuți din aceeași materie ca stelele, ca păsările, ca florile. Că avem în noi instinctul lupului, blândețea căprioarei, răbdarea broaștei țestoase.

Tu m-ai învățat că viața nu e doar o succesiune de zile, e o cântare divină, o invitație la uimire, o chemare la recunoștință.

Azi, îmi iau timp să privesc în ochii naturii. Să ascult un tril. Să mângâi un animal. Să simt pământul sub tălpi. Și să-mi amintesc:

Sunt o parte dintr-o lume vie, misterioasă, sacră. Sunt o minune printre minuni!

Știi, uneori simt fericiri care îmi fac inima să-mi bată ca o toacă în miez de munte. Răsunător, profund, puternic. Iar acele fericiri provin din lucruri mărunte... Mi se pare un miracol cum doar câteva cuvinte pot să stârnească o avalanșă de trăiri. Un simplu „Te iubesc...” „Îmi ești dragă”... ”sau chiar un „Ai făcut o treabă excelentă...” devin cuvinte care transformă muntele în inimă și inima în altar.

Privesc luna, cu sfera ei gălbuie și magică... Emană din apropiere o liniște adâncă. Distanța dintre mine și ea se topește. Pătrund în lumina ei magică. Cu pași răzleți de gânduri, călătoresc prin galaxii în culori nemaiîntâlnite, alerg pe tărâmuri libere, neînlănțuite de legile omenești.

Fericiți sunt cei ce înțeleg, cei ce știu să evadeze din tărâmurile limitate de legi cotidiene!

Am cioplit din sunetele inimi reverberații care îți șoptesc... *Suflet drag, tu ești miracolul meu... și te iubesc!*

Uneori, îmi simt ființa alunecând tainic printre umbre și lumini, ca o siluetă de aer în căutări negrăite. E un miracol — această libertate de a străbate văzduhul cu sufletul dezvelit, de a colinda universuri nevăzute, păduri învolburate de verdele viu al existenței, printre animale care gândesc în miezul furtunii și păsări ce cântă în limbajul stelelor.

Zbor în trecut ca într-un manuscris uitat pe rafturi prăfuite sau în viitor ca într-un vis nenăscut. Iar la întoarcere, din aceste peregrinări de duh, aduc cu mine o perlă nouă — o sferă de înțelepciune, gata să devină ajutor sau revelație.

Sunt femeia care poartă în ea toate anotimpurile. Le trăiesc în felul meu. Le sărbătoresc. Sunt un univers în miniatură. În mine pulsează stele, oceane, rădăcinile și dorurile. Sunt o lume întreagă într-un trup fragil. Respir și simt acel miracol, acea senzație că sunt vie.

Nu doar că m-am născut este un miracol, ci și de fiecare dată când am renăscut din durere. Să pot vedea culorile, să aud ploaia, să ating sărutul unei dimineți — e mai mult decât magie, e har!

Sufletul meu iubit, Tu ești viață. Tu ești miracol. Tu ești răspunsul la întrebarea pe care o port de atâta timp: De ce sunt aici?

Sunt aici ca să simt. Ca să creez. Ca să iubesc.

Cu recunoștință,

Eu — cea care te-a uitat uneori, dar care a știut să te regăsească întotdeauna.

Drag cititor, îți mulțumesc că ai fost aici
— cu emoție, cu înțelegere și cu gândul tău
luminos aproape de mine!

DESPRE AUTOARE

Anișoara Laura Musteţiu s-a născut în anul 1971 în Timişoara. A terminat Liceul de Filologie-Istorie în 1989 după care a emigrat în Germania, unde şi-a petrecut cea mai mare parte din viaţă în lumea competitivă a businessului.

A absolvit Studii în Științe Economice (1995), IHK Ludwigshafen, Studii de Literatura Germană și Jurnalism în Hamburg (2008) și Studii Superioare de Comunicare, Bachelor of Communication, Specializare în Afaceri și Scriere Creativă, Griffith University în Australia. Din anul 2014 locuiește in Sydney.

A publicat cărți de poezie și proză în limba romană și engleză, *Travel in Time, A Life Story in Poems* (2020), *Yarran, Stories from Australia,* (2020), *Un sărut pierdut pe mătasea timpului* (2020), editura Academiei Româno-Australiene, *Emoții și Lumină* (2021), editura Bifrost, *Crâmpeie din viața unei femei, O colecție de povești adevărate* (2023), nuvela *Prețul Onoarei* (2023), editura Romanian-Australian Book Club, nuvela *Între Sărut și Durere* (2025).

A publicat poezii și proză în numeroase reviste de cultură în România și în străinătate. Anișoara Laura Mustețiu este membră a *Academiei de Cultură Româno-Australiene.*

Din februarie 2022 este redactoare la Radio ProDiaspora cu emisiunea proprie *Emoții și Iubire*, o emisiune de poezie, proză și muzică.

De asemenea, este fondatoare și redactor șef al revistei de cultură *Emoții și Lumină,* cu sediul în Sydney.

Websites de autor:

În limba română: www.anisoaralauramustetiu.com

În limba engleză: www.lauramustetiu.com

ROMANIAN -
AUSTRALIAN
BOOK CLUB

Sydney, Australia 2025

R OMANIAN AUSTRALIAN BOOK CLUB

Email: romanian.australian.book.club@gmail.com